おとなになってはみたけれど
飛田和緒

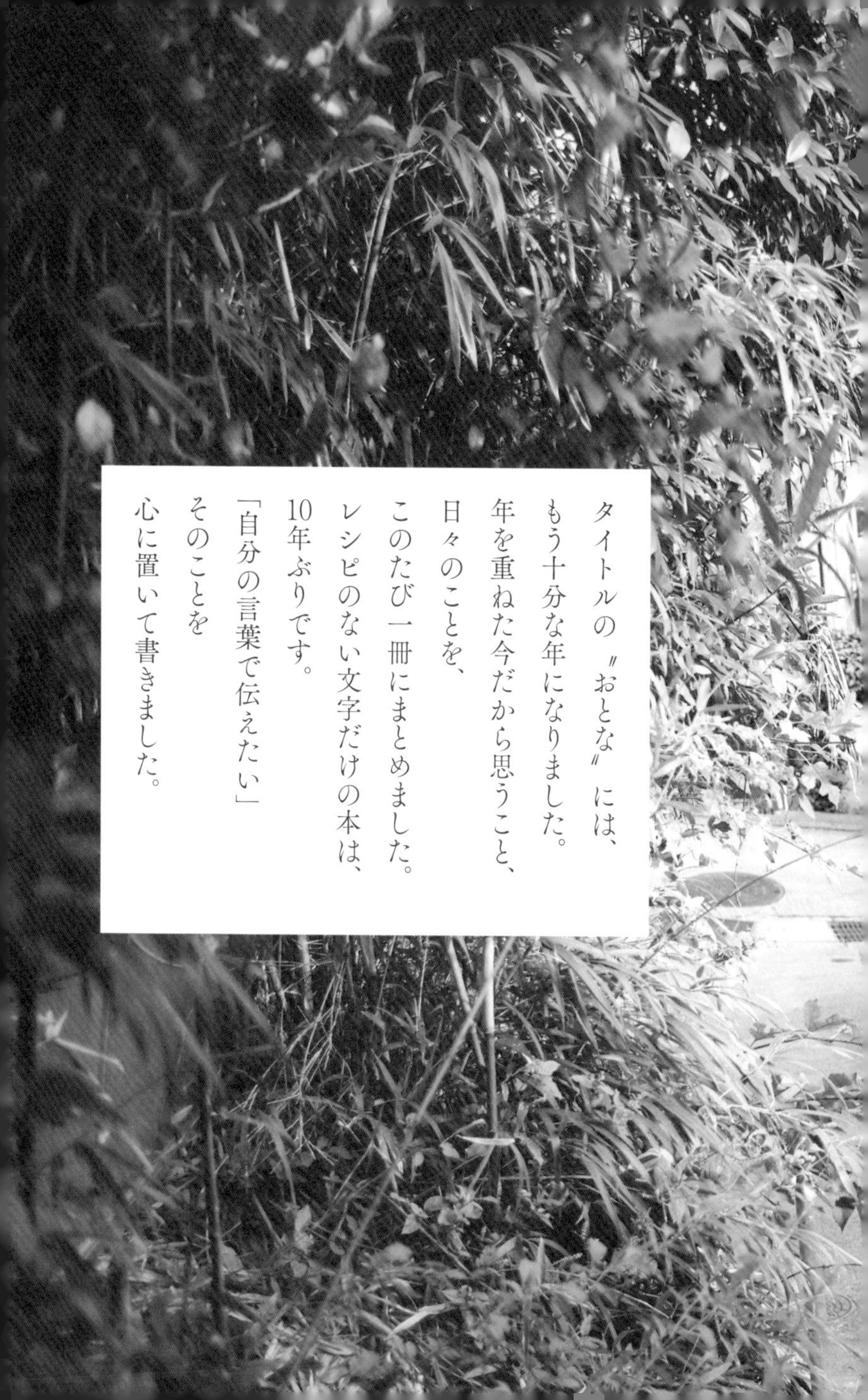

タイトルの〝おとな〟には、
もう十分な年になりました。
年を重ねた今だから思うこと、
日々のことを、
このたび一冊にまとめました。
レシピのない文字だけの本は、
10年ぶりです。
「自分の言葉で伝えたい」
そのことを
心に置いて書きました。

もくじ

story I
仕事の話

01

料理家という仕事をしていても

料理家という肩書ではあるが、料理をつくるのが根っから好きなのかと自問する。もし、いつも隣にわたし好みの味をつくってくれる人がいて、食べたいときにさっと料理が出来上がってくるとすれば、きっとわたしは台所に立たないのではないかと思うときがある。それが実際にはままならないから、自分でつくるしかないのだ。どちらかといえばつくるより、食べることが好き。おいしいものを食べたい一心。ただ食いしんぼなのだ。

わたしの料理は18歳のときに親元を離れて自分の台所を持ったときから始まった。最初はテレビや雑誌で見かけたレシピをつくってみたり、バイトをしていた洋食屋さんのまかないや居酒屋のおいしかったメニューをまねしてみたり。お金もない学生だから、そんなにぜいたくなものを食べていたわけではないが、自分がおいしいと思ったものは、できる限りその味に近づくようつくってみたいと台所に立っていた。お店ではひと皿しか食べられないけれど、家で同じようにつくれば食べたいだけ食べられる、そんな食い意地が実験的な料理を生むこともあった。おいしいものを食べると台所仕事にも変化がある。

池波正太郎さんのエッセイの中にもこんなくだりがある。

［巣］で、うまいものを食べたいとおもうのなら、それだけの配慮を自分でしなくてはならぬ。「うまいものを食べさせろ」と命じているだけでは、どうにもならない。料理への興味を女たちに抱かせるためには、たまさか、外へ出て［うまいもの］を食べさせなくてはだめだ。それはカレーライス一つでもちがうのである。

ふんふん、そうそう。久しぶりに『食卓の情景』（新潮社）を読んでうなずいてしまった。わたしの母は19歳で父のところへお嫁にきた。その当時はなんにも食べられない、なんにもつくれないただのやせっぽちだったと聞いている。

父は食べる、飲むがとても好きな人だったので、母をあちこち付き合わせてせっせとおいしいものを食べさせたのだそう。いろんな味を食べた結果、母は少しずつ偏食がなくなり、料理への興味がわいてきて、わたしがもの心ついたときには、母は料理上手なお母さんになっていた。お客さんの多い家だったこともあり、母は家族以外の人にもごはんをつくり、酒の肴をこしらえるという毎日。相当鍛えられたんだろう。今ではわたしと争うようにして新しい料理にも果敢に挑戦している。

わが夫もふたり暮らしが長かったこともあり、外食にはいろいろと連れていってくれた。外国へ旅しても中心は食べることばかり。若い頃はきっと情熱的な思いもあったんだろうが、もう知り合って四半世紀を過ぎようとしている今は食べることだけでつながっているのではとさえ思う。

わが家はちょっと出遅れた子育ての真っ最中。そんな中でもなんとかやりくりしておいしいものを食べに出かける機会をつくるようにしているが、おかしいことに夫婦の外食事情が変わってきた。

夫はせっかくだからおいしいお酒をゆっくり楽しみたい。わたしは食べることに真剣になりたい。お酒なら家でゆっくり飲んだほうがいいと思うように。子連れだから、外食の時間も限られるので、母親はそんな考えになるのかもしれない。

そんなこともあって、最近わたしはひとりで大好きな味を食べに出かけるように。といっても3、4か月に一度くらいの割合。そこで食べる時間のために働いているといってもいいくらいに、熱をあげている味がいくつかある。

軽井沢で食べるモロッコ料理（残念ながらこのお店はクローズした）、熊本の桜肉、長野で食べる江戸前寿司、山奥で食べるきのこづくしの料理。まったくジャンルは違うが、それぞれわたしの舌にどんぴしゃり。わざわざその料理を食べるだけのために飛行機に乗り、新幹線に乗って移動する。うまいものを食べたい気持ちになることも、たいへんなエネルギーがわいてくるものなのだ。そして、それらの料理は、まねしようとも思わない。あれこれと考えずに一心不乱に食べるのみ。そんな恋しい味があるって幸せだなとしみじみ思う。

さて、おいしいものを食べて帰ってきたわたしの料理に変化が見られるかどうかは？

……そんなわがままを許してくれる家族に感謝しなければならない。

02

レシピの源は家族

「レシピ開発はどのようにしているのか」ということをよく聞かれる。

わたしは仕事のためだけに試作などをせず、家族のごはんやお弁当づくりで実際につくって気に入ったものができると、何度も何度も繰り返してつくり、家族にいやがられるというパターン。「またか」と言われると、そう言われないように味を変え、切り方を変え、同じような味だけれど調理法を変えるというようなことを繰り返し、そこからレシピが生まれている。

旅先で食べたもの、友人宅でごちそうになったもの、耳に入ってくるおいしい話でいいなと思うものはすぐに試す。「おいしかったものをもっと食べたい」「食べたことはないけれど食べてみたい」と思うと気もそぞろ。台所に直行する。

想像していた味ができるとは限らないけれど、そんなチャレンジも刺激になって、そこから新たなお気に入りが生まれることも多いから、やめられない。家族の反応は素直に聞き、次につなげる。結局は自分好みの味なのだけれど、食べてもらう相手の意見から広がっていく味もある。

料理の失敗？？？　なんて今はない。というか、失敗と思わないことにしている。若い頃は思っていた味にならないとへこんだり、せっかくできたものを捨ててしまったりしたこともあったけれど、それでもなんとかおいしく食べられるように工夫することを覚えたし、素材が合わなかったのだと逃げることにしている。

どうにもならない失敗といえば、真っ黒に焦がすくらいかな。それも最近はなくなりつつあるのはタイマーのおかげ。火元から離れるときには必ずこまめにタイマーをかける。お湯を沸かすときにもタイマー。

年のせいか、お湯を沸かしていることをすっかり忘れたなんてことも。同時にふたつ、３つのことを進められなくなってきた。

やれやれ、そんなことの連続。

03

運命の出会い

わたしは幼い頃からバレリーナになりたくて、ずっとお稽古を続けてきたが、二十歳になったときに父がもうおしまいにしたらどうだと言ってくれ、すっぱりとあきらめた。

高校生になったくらいから、わたしにプロのダンサーは無理ではないかとじつは思い始めていた。日本ではまだ舞台に立てたとしてもずっと親の世話にならないと独り立ちはできない時代だったから、親もやきもきしていたと思う。本人もそう思っていながら、バレエをやめたらどうすればいいんだろう、わたしにはバレエのほかになにができるんだろうと不安もあったので、なかなか踏ん切りがつかないでいたのだ。

いざやめてみると、なんてことはない。悔しさや未練もなく次に進むことができたのは、若かったというのもあっただろうが、自分ではやりきった晴れ晴れした気持ちからだった。バレエをやめたことを後悔したことは一度もない。精神的な面でたいへん鍛えられたことがわたしの肝になっているので、熱中していた時間は宝物。

その後は会社勤めをし、退社してすぐに結婚。バイトをしたり、友人の仕事を手伝ったりはしていたが、基本的には専業主婦だったのが、35歳を前に運命の出会いがあった。それまでも作家の先生のお手伝いをしたり、先生の口添えもあって小さな出版社から『ごはん日記』という本を出させていただいたりはしていたが、肩書もなければ、それ以外の料理の仕事はほぼない状態だった。

ところが、ある日突然電話がかかってきた。「飛田さん、おもてなし好きでしょ。そういう本を一緒につくってみない?」。すぐに会いたいと言われて、ありあまるほど時間があったわたしは翌日会う約束をして顔を合わせた。母ほどの年上の編集者の方で「思っていた通りの人だったわ。無名のあなたの企画がすぐに通るとは思わないけれど、必ず一緒に仕事をしましょ。待っててね」と言われてから、彼女と長く仕事を続け、今に至る。同時に仕事のないときにも雑誌のコラムを続けさせてくれた男性の編集者のもとでも1冊。2冊の本が出来上がったことで、わたしの生活が大きく変わった。

はっきり言えるのは、このふたりの編集者と出会って料理の仕事を意識したこと。そしてその出会いに至るまで作家の先生にたいへんお世話になったこと。それまで料理家を目指していたわけでなく、料理学校にも行かず料理家のアシスタントについたこともないわたしがこのように仕事ができることになったのは、３人との奇跡のような出会いから。バイト時代に平野レミさんの取材にうかがったことも刺激になった。飾ることなく、本当においしいものをつくり出すレミさんの手はきれいだったな。

そんなこんなで楽しそう、やってみたいっていうくらいの気持ちでスタートを切ってしまったものだから、それはそれはたいへんな失敗もし、数々の迷惑をかけたけれど、その都度みなさんに助けられてここまでやってきた。

こんなことを言っていいかどうか、覚悟が決まったのはその後数年たってからのことである。ただただ真っすぐに突き進んだことで、自分のやりたいことが見えてきた。今も正直、目標はない。わたしにできることをし、読者の方がひとりでも料理を楽しんでくださったらいいなと思いながら続けている。

04

名物編集者と呼ばれる人たち

料理の仕事を始めてまだ間もない頃、一本の電話が鳴った。

ある料理雑誌の編集をしているその方は、いきなり「あの初めてお電話します。すぐにお願いする仕事はないんですが、ぜひとも飛田さんのごはんを食べてみたいのです。一度ごちそうしてもらえませんか」と。

「えーっ、見ず知らずの人にごはんをごちそうするのーっ!?」

どうお返事すればいいのかと戸惑い、慌てたものだ。

基本的に人見知りで、なかなかうまく気持ちを伝えることができなかったので、ただ話すだけでは自分のことも料理のことも伝えることができない。でもつくった料理を食べてもらえたら。それがわたしの表現の場だったと気がついたのはあとあとのこと。

仕事を始めたときに周りから出版社にあいさつに行ってはどうかとすすめられ、出かけたこともあった。いわゆる営業である。けれど、とくにつくった料理の写真を撮りまとめたり、レシピをメモした作品集を用意するでもなく、身ひとつで出かけてしまったものだから、あいさつもそこそこに「どんな料理をつくっていらっしゃるのかがわかるものを次回持ってきてくださいね」と言われ、すごすご帰ったこと数回。「そうよね、ただ顔を合わせただけでは伝わるはずもなく、手土産にお惣菜やお弁当のひとつも持参すればよかった」とつくづく思った。

「ごはん食べさせて」と連絡をくれた編集者の方のアプローチは、今でこそ笑い話になりつつあるが、感謝しきれない。つくることに必死だったわたしに、食べてもらうことも仕事だということを気づかせてくれた。

そのときごちそうした料理はというと、餃子、汁物、炊きたてのごはん、春雨のサラダ、にがうりの和え物。そんないつものごはん。

料理の仕事にはいろんなスタイルがあるけれど、わたしがつくるのはごくごく普通のいつものごはん。試作を繰り返して新しいレシピをつくるというよりは、日々家族につくり、食べているものをレシピにしようと思っている。

料理家にとって苦手な料理などあってはならないのではと不安だったこともある。その気持ちが一新され、できない料理、失敗談もわたしらしい料理につながるのではと思えるようになるまでには時間もかかったが、続けるうちに、隠すことなく、お伝えしていこうと。そう、失敗集なんてつくったら、出てくる、出てくる。そんな一冊をつくりたいくらいに、おいしいものをつくる裏にはエピソードがいっぱいあるのだ。

たとえば、焦がしてしまったら、味が濃くなりすぎてしまったら、ゆですぎたら……などなど。そんなことは日常茶飯事。そこからどう挽回するかが主婦の腕の見せどころ。なにごともなかったように新しいひと皿に変身させたとき、よっしゃーっとひとり台所のすみで拳をにぎる。このときの充実感といったら。小さな充実が積み重なって主婦業は成り立っているな、と感じる。

「繰り返しを恐れてはいけない」と言ってくれた方もいた。人の言葉っていいものだ。それがすっと心に入ってきたときに救われたり、改めて考える時間となったり。

そんな言葉を日頃から上手に拾えることができたならいいのにね。

05

オンとオフを切り替える

オンとオフを切り替えるのはたいへん難しい。

なにしろ自宅でほとんどの仕事をこなしているし、仕事の内容も実際の生活から生まれるものばかりだから、ここから先は仕事ですって線引きができない。言葉は悪いが、生活を切り売りしているようなもの、とさえ思ったこともある。

娘が小さい頃はとくにオンオフの切り替えはまったくなかった。保育所から帰れば台所にも立ち入るし、撮影スタッフが面倒を見てくれているあいだに料理をつくるなんてこともよくあった。預けることができないときはおんぶをして仕事をした。

強いて言うなら、仕事が終わる頃、夕焼けを見て、すっと仕事から離れることができるとか、スタッフを外まで見送ってから玄関先の落ち葉を掃除したり、そのまま庭の草木の様子を見たりしているうちに、今日も無事終わったなと思うのがオフだろうか。

オンでいえば朝、学校に行く娘を駅まで送って帰ってくると仕事モードにスイッチオン。トイレ、リビング、ダイニング、玄関の掃除を駆け足でして、テーブルを拭き上げると一気に頭が切り替わって仕事に入る。時間があればヨガマットを広げて、ブロックの上に背中を置いて肩甲骨を広げ、腰とお尻にマッサージボールをゴロゴロゴリゴリと押し当てて体をほぐす。

無心になることも大事な切り替えの時間になっている。

06

つくり方を見直す

梅干しなど、梅を使った保存食を長年つくってきたこともあり、ほぼ自分のレシピが確立してきた。ここ何年かは別のやり方も試してみたいと、別レシピに少しずつ挑戦もしている。ひとつのやり方にこだわらず、よいところはどんどん取り入れるべきだと思うから。そして年々夏の暑さが増しているのも気になるところ。

何年か前に地元で魚醤をつくっている方にアンチョビづくりを習った。それまでわたしなりにつくってきたレシピは『なんちゃってアンチョビ』だと言われ、それならばとお店で売っているようなアンチョビをつくってみたいと参加した。

しこいわしを塩で漬けて4か月常温に置いて発酵させる。

そう習ったのにもかかわらず大半の方が生魚を常温に置くなんて信じられないとばかりに、冷蔵庫で保存した。

「その気持ちわかります。でも冷やしてしまうと発酵せず、アンチョビにはならない」と先生。『なんちゃって』をつくっていたわたしは思い切って常温に置く。においもふたさえ開けなければまったく問題なく、静かにしこいわしは発酵した。新鮮なしこいわしでつくり、先生の教えを不安になりながらも実行したことで、本当においしい、満足のいくアンチョビが出来上がった。しこいわしと塩だけでこんな味が出せるなんて発酵って素晴らしい。とにかく発酵と腐敗は隣り合わせのような気がする。

ただですね、そのときに先生は日が当たってもまったく問題ないとおっしゃったけれど、年々日差しも強く、気温も上昇しているので、ある年にしこいわしが溶けてしまったことがあった。これまで通りにやっていたのでは今の季節の状況に合わないことも出てきている。

そんなこんなで、レシピを見直し、保存環境の変化にも対応できるようにレシピも柔軟に進化させなければならないと感じている。

07

夫と仕事

夫は4つ上、ともに学生時代からの知り合いで、レーシングドライバーと料理家として、それぞれが仕事をするようになったのは結婚をしてからのこと。

夫の仕事場であるサーキットが地方や海外にあるので、ほとんどうちにはおらず、出張続き。ひどいときには羽田で荷物を持ち替えて、そのまま成田から飛行機で飛ぶなんてこともある。今は空港に預け先ができ、宅配便の普及で、わたしが荷物を持って右往左往することはなくなったけれど、レースの仕事をスタートさせた当時は携帯電話もなかったので、連絡を取り合うことすらままならずたいへんだった。

自分の夢がかなわなかったこと、次の目標や今後の仕事に希望がまったくなかったこともあって、夫がレーシングドライバーになりたいと言い出したときには自分の夢にも思えて陰ながら応援しようと心に決めた。

幸い、けがをすることもなく、毎年チームと契約があり、もちろん途中にはふたりで涙を流すほどのつらくて悔しい経験もしたけれど、今となっては若かりし頃の思い出でしかない。とにかく目まぐるしく次々いろいろなハプニングがあって、いちいち悩んだり、引きずったりする時間がなかった……って本人がそう思っているかどうか聞いたことはないが、そばにいるわたしはそう思っている。

還暦を過ぎた今も現役でレーシングカーに乗り、自分の息子や孫って言ってもいいくらいの年の人たちと一緒に競っている。まさかこの年まで続けられるとは思ってもみなかった。じゃんけんで負けるのも嫌いなほどの負けず嫌いがそうさせたかどうかはわからないが、夫もわたしと同じくたいへん人に恵まれた。わたし同様チームプレイで成り立つ仕事。ここまで続けてきたのを支えてくださったみなさんに対しては感謝しかない。

「還暦祝いはしなくていい。なぜ自分から60になったと言わないといけないのか」と言う夫である。1年でも2年でも長くドライバーとして続けられるよう祈るばかり。

というわけで、仕事をするドライバーとしての夫はかっこよくて大尊敬している。

でも、夫、父親としての彼はまったくのダメぶりを発揮している。ゴミ出しをお願いしたいと玄関にまとめておけば、そのゴミをまたいで出かけてしまうし、わたしが長いこと家をあけているあいだに蛍光灯が切れたらそのまま暗い中で生活をしていたこともある。洗濯を頼めば、丸まった靴下や下着が干されていていている。先日は夫がネットで買い物をすると言うので、「ついでに米油2ダースお願い」と頼んだところ、なんと届いたのは米酢……。しかも一升瓶で24本！　とにかくなにごとにも不器用なのだ。

若いときにはそれが理解できずに、どんな小さなことにもいちいちブーブー文句を言ってけんかも絶えなかったけれど、30年以上かかって、ようやく理解ができるように。時間がかかったな。もちろん、あちらもきっと同じように思っているからお互いさま。ともに好きな仕事をし、大事な友人や仲間がいて、真ん中に娘がいてくれるだけで幸せである。

08 ドライブは楽しい

車の運転は苦でない。むしろ好きなほうかもしれない。

ひとりになれる空間が心地よい。行きたいところに自由に行ける。時間の制限もなく、好きなときに好きなように出かけられるのもいい。いつも荷物が多い（余計なものを持ち歩いている）から、車のほうが楽ちんっていうのもあるし、大きな声を出して歌ったり、叫んだり……。音量を上げて音楽を聴いたり。気になるお店や、素敵な風景が目に飛び込んでくれば、すぐに車を停めて立ち寄ることもできる。

わが家は一番近い駅までバスや車で20分。最寄りのバス停までは行きは下り坂なので楽だが、帰りは延々上り坂。平坦な道がなく、海岸線のバスの通りから一気に山に登るから、外出はほぼ車になっている。買い物や娘の送り迎え、お稽古ごとに通うなどで一日車に乗っている日もあるくらい。だから車の中にはいろいろ生活道具のようなものを積んでいる。

家に帰る時間はないけれど、待ち時間があるようなときは車の中でラジオや音楽を聴いたり、読書をしたりする。

翌日の買い物リストをメモしたり、メールの返信をしたり、原稿の下書きをしたり、眠いときにはブランケットにくるまって休む。ほかにもお弁当を食べるなどなど。

震災があってからは、車にも1～2日は生活できるような道具をそろえている。


最近はロングドライブはしていない。体力も落ち、長い運転がつらいことも多くなった。運転後に疲れが出る。

長野の両親のところまでひとっ走りで行くことはなくなり、今は新幹線のほうが楽ちん。東京へも通い慣れているところだけ。ナビを使えば便利ではあるけれど、どうも不安が抜けないので、初めて出かけるところへは電車に乗るようにしている。

国内の旅は電車や飛行機、バスを乗り継ぎ、現地でレンタカーを借りて移動する。ドライブしながら景色のよいところがあれば車を停めてうろうろ。よさげなお店を見つけたら停車してのぞく。道の駅や現地のスーパー、市場巡りは車の旅ならでは。行動範囲がぐんと広がった。

免許をとったのは会社勤めを辞め、しばらく仕事をしていないとき。運転が目的ではなく、身分証明できるものが欲しくて、教習所に通った。

当時はオートマ教習がなかったから、坂道発進などで苦労したけれど、父の年季の入った車で練習し、なんとか合格。「せっかく免許をとったのだから運転しなさいよ」と義理の姉が車を譲ってくれ、毎日同じ道、同じ車線を走った。

とにかく車線変更が怖くてしょうがなかったことを覚えている。ガードレールや電柱にぶつかり、ドアがへこんで開かなくなり、サイドミラーもひとつぶら下がった状態になるまで、その車が愛車だった。

借りた駐車場は安いところを探したために、狭くて大家さんの車が隣にあるという条件。毎回、車を出す、停めるだけでも汗をかくほど苦労したけれど、毎日そんな修行をしたおかげで、今は駐車に困ることもなく、レンタカーを借りてどこへでも行けるようになった。

今まで見ることのなかった世界を見られるようになった。

09

インスタグラムを始めてみた

正直、パソコンも携帯も苦手。パソコンはレシピを打つ、原稿を書く、メールのやりとりのみで、パソコンを使う意味があるのかと言われ続けていた。

それがようやくぽちっとボタンを押しての買い物ができるようになった。舞台や映画のチケットもネットで手配するしかない、となったときにはしばらく夫に頼んでいたが、好きというエネルギーは素晴らしい。お目当ての舞台や旅の手配は、自分でできるようになった。好きな舞台映像もYouTubeで検索できるようになった……と書いていて恥ずかしくなってきた。

幼稚園児でさえ、今は簡単に携帯電話を操っているのに、50を過ぎたいい年の女がこんなこともできるようになったと自慢にもならないことを書いている。

けれど、電話をすればすんでいたことを画面上で操作しなくてはならないもどかしさや、つながらない不安や操作が理解できないいら立ち、難しさは、今も感じながら付き合っている。

ブログやツイッター、インスタグラムは何物であるかもわからず、編集者の方にやりましょうよとすすめられても避け続けてきたが、ある出来事がきっかけで気持ちが変わった。

トークショーやお料理教室で人が思うように集まらないことが多々あり、主催者の方からは「ぜひ飛田さんから発信してください」と言われていた。でも、わたしが発信したからといって人が集まるんだろうか、ともやもやしているあいだに決定的なことが起きる。

まったく人が集まらずにイベントが中止になってしまい、主催者の方に「こちらの力不足ですみません」と謝られて、目が覚めた。「もう待っていてはなんにもできない」。

ある編集者の方は「今の和緒さんの読者だけでなく、これからもっともっと多くの人にレシピを見てもらいたいじゃない。だったら今の若い人にもっと発信していかないとね。読者を広げるためにも始めましょうよ」と。突き動かされたひと言である。

人まかせだったことを反省し、自ら伝えていくことの必要性を痛感した。本を読む人も減り、レシピに関していえばどんな味でも検索できる時代になっていることをわかりながら、自ら発信することに踏み出せなかったのは、自信がなかったから。そんなわたしの背中を押してくれたのは娘だった。「インスタならわかるから手伝ってあげる」と言ってくれ、今に至る。

やるからには毎日アップすること、時間を決めて投稿するのがいい、テーマがはっきりとしていたほうが続けやすい、などのアドバイスをみなさんからいただいた。今は娘の毎日のお弁当と、娘を駅まで送っていく道すがら、車の中で娘が食べる朝ごはんを投稿している。

朝、お弁当をつくり、朝ごはんを整えて、写真を撮って文章をつける。それを娘に送って娘が写真などを整えてアップする。始めて1年になるがまったく慣れない。毎朝、わー、きゃーと悲鳴を上げながら携帯に向かうおかしな母を娘があきれた顔で見ている。

さてインスタを始めてよかったことは——。

・娘との共同作業ができたこと。
・毎日、フォロワーさんの反応が見えること。
・身近に感じてもらえるのか声をかけられることが多くなり、直接感想が聞けること。
・いろいろな方のインスタを楽しめるようになったこと。
・本や雑誌では制約があることもインスタならっていう自由があること。

今は仕事の延長のような感覚だけれど、思うままに自然に続けたい、と欲が出てきた。

hida_kazuo

『夏の日のごはん』

近所の直売所で買ってきた
季節の野菜でごはん。
おくらのおかか和え、牛肉と
冬瓜の炒め物、きゅうりと生姜の
ナンプラー炒め、なすのごま和え、
おかわかめのおひたし。
旬の終わりの頃のなすは
皮をむいて料理するとおいしい。
むいた皮はきんぴらなどに。

story II
食いしんぼの話

01

旬の素材はうれしい

一年が過ぎるのが年々早く感じるのは年齢のせいなのか、子どもの著しい成長を目の当たりにしているからか。いろいろ考えてみると、仕事柄、季節の先取りをすることが多いからなのではと思うようになった。

というのも、料理の撮影は季節感をより大切にする。旬のものをふんだんに使ったレシピは、本や雑誌の発売時期に合わせて撮影するために、やむをえず季節外れの野菜や魚で料理をしている。

たとえば年末年始のおせちや集まりのときの料理ページは、素材の関係で1年前に撮影することもあるが、たいてい夏の暑いときから初秋にかけて撮影をする。外は猛暑というのに、家の中ではお重箱を広げ、時間をかけて煮込み料理をしたり、オーブン料理をしたり。クリスマスツリーを飾り、着物を着てと、季節感のためなのに季節感のない不思議な感覚。そして、年末には春野菜の撮影を行うなど、仕事の内容がどんどんと先行していく。実際の生活がそれを追いかけるような形となるから、余計に毎日が早く感じるのかなと思うようになった。

旬がまだ先の素材を手に入れるのはなかなかたいへんなこと。でも、最近はほとんどの食材に旬があるようでいてない状態。一年中買えるものが少なくない。野菜の買い出しに苦労することはなくなったが、どうしてもわたしだけでは手に負えないものは編集者の方やスタイリストさんに相談し、手分けして探す。

梅雨の時季だけ出回る青梅を7月の終わりに青森で見つけてきてくれた人がいた。8月にいが栗と柿。栗は青々としたいがついたものを保存して一年中売っているところがある。さすがにお値段もそれなりにお高い。柿はニュージーランド産。日本と正反対の季節の国で日本の食材をいろいろとつくっているそう。11月には鹿児島産の早掘りたけのこ。小ぶりでも味とお値段はとても立派。日本中、そして世界に飛び出してまでも食材を見つけてきてくれることに驚くばかり。

今は魚の旬がずれてきており、加えて毎年さんまが獲れない、いわしがいないとニュースにもなるような状況があり、魚介の入手は頭が痛い。

100

身近な食材でいうと根菜類。大根やごぼう、れんこんなどはいつでも手に入るようになったが、味はもちろん、煮え方や切ったときの感触が違う。夏大根はかたく、煮物にしてもなかなかしっとりとやわらかくならない。千切りにして、なますをつくるとしんなりというより、ピンと張った感じがある。大根おろしや生のサラダにはいいけれど……。

やっぱり大根は寒さに当たったものが好き。ごぼうは季節外れのものは筋がかたく、煮えるまで時間がかなりかかる。旬でないれんこんは食べたときに糸をひくことがない。あの独特の繊維は旬ならではの味わいなのだ。

仕事を始めた頃、季節外れにつくる料理に手こずった。だからこそレシピをつくるときには季節を大切にしていこうという気持ちが強くなり、複雑な思いが駆け巡る。

02

冷蔵庫に入れる前に

自分の台所を持ったときから『旬のものを食卓に』というのは、ずっと心がけてきたこと。おいしいのはもちろん、旬のものは安価であるというのもうれしいこと。

学生時代、お金がないときはキャベツ1個、大根1本でなんとか1週間食べつないだこともある。

今は都会を離れて海辺暮らし。近くで熱心に野菜をつくっている農家の方も多く、直売所に出かけては旬の、収獲したばかりの野菜を買うようにしている。

魚は地元の魚屋さんでその日の漁で獲れたものを買う。魚屋さんも「これは刺し身で」「これは生に向かないから煮魚や揚げ物にして」と、いろいろアドバイスをくれるからそれに従い、よりおいしく食べる調理方法を選択する。

買い物リストはなし。その日手に入るもので、お昼や夕ごはん、翌日の朝ごはんや娘のお弁当の料理が決まる。自由な買い物だ。

逆に、仕事の材料の買い出しには欠かせないのは〝メモ〟。

メモを手にずらりとリストに並んだ野菜や肉、魚を次から次へと買い物かごに放り込む。そうするとほかのものに目がいかないこともあるから、時間が許す限り、その時季にスーパーに並んでいる野菜、魚を見ておくようにし、次の買い出しにつなげていく。調味料も目新しいものを発見したらすぐに試してみる。

旅先のスーパーで見る調味料は興味深い。なかでも地元のしょうゆや魚醤、塩はその土地の味がよくわかるから、探すのが楽しい。

新鮮な食材を手に入れたときはできる限り冷蔵庫に入れる前に、下ごしらえをしてからしまう。洗う、切ってひと塩しておく、ゆでる、干すなど。

そのまま冷蔵庫に入れてしまうより、そうしておくほうが断然おいしく食べられる。

ただし、〝できる限り〟である。やりたいけれど、ままならないことも多いが、心がけていることのひとつ。

下ごしらえをしたほうが冷蔵庫にも入りやすいし場所もとらない。大根や白菜、キャベツは大きいのでそのまま放り込めないから。

これは若いときに使っていた小さな冷蔵庫になんとか入れる手立てとして、あれこれ考えて工夫をしていたのが今も役に立っている。隙間時間にしておくことで、いざ調理にとりかかったときには短い時間で仕上げることができる。

あとで楽をしたいから、できるときにできることを進めておくというのは料理に限らずかもしれない。食材の無駄も少ないような気がする。

袋に入った野菜をそのまま野菜室に入れておくと、うっかり何日もたってしまうことがある。切ってあれば使うのに、ゆでてあれば使うのに、使いやすいものから手に取ってしまうから、せっかく買ったものが残りがちになってしまう。

野菜は時間をおくと苦味が出ることもあり、葉野菜などではよく失敗をした。サラダのレタスやキャベツが苦くておいしくなかったり、青菜の外側はきれいだけれど、いざ出して洗おうとすると中のほうがドロリと溶けていたり、長ねぎは切ってみると芯の部分が成長していてかたくなっていてどんなに薄く切ってもごわっとしていたり……なんてこともある。

そんな失敗を重ねて重ねて、台所仕事を続けてきた。

最近は野菜の皮や芯をとっておいて、水と合わせて煮出してスープをとることもある。すぐにできないときは野菜くずを干して保存するほどハマっている。

ロールキャベツをつくった際に鍋の隙間に切り出したキャベツの芯を押し込んで煮込んだら、これのおかげか最高にスープがおいしくなった。それ以来、ロールキャベツはスープの素などを入れずにキャベツの芯から出る旨味を頼りにしている。

そんなことがあると、ほかの野菜でも試してみたくなり、皮や芯を捨てずにとっておいて煮出してスープをとるように。

たまねぎの皮は香りを添え、じゃがいもの皮やキャベツの芯は旨味たっぷり、にんじんは甘味が出るなど、野菜からしみ出してくる味はくせがなくて、のどをすっと通って後味もよい。

03

春の海の味覚

春が近くなると、部屋の窓から眺める富士山や伊豆半島の姿にだんだんともやがかかってくる。海の浅瀬にはひじきが浮かぶ。それは「もうすぐ春」の合図。

冬のあいだはぴんと張りつめた空気がすっきりと澄んで、景色をはっきりと映し出してくれることを海辺に越してきて知った。都会に住んでいた頃は、冬の海はさびしいと勝手に思い込んでいた。海の色は深い緑色をしており、海の向こうに広がる三浦半島や伊豆半島、大島がとても近くに感じ、晴れやか。茜色の夕日が仕事の疲れを毎日癒やしてくれる。

そんな景色でも、あるとき急にどんよりとしてくるから不思議。春はまだかなと待ち遠しい、うきうきした気分が暖かさを呼ぶのだろうか。数日前までは白い息を吐いていたのにね。春が近づくと足取りは心なしか軽く、スキップするよう。そんな冬から春の移ろいを感じる数日間が好き。

海には春を前においしくなる海藻がある。葉山から三浦にかけては、わかめ漁が盛ん。早朝まだ冷たい海からわかめを引き上げ、陸へ戻り、湯通しして天日に干す。お日様効果もあって、しゃくしゃくとした歯ごたえがある。

漁師さんが今日はわかめを切るよと言うと、決まってご近所に振る舞われるのが芽かぶ。

芽かぶはわかめの根元についており、肉厚でフレアスカートのようにくるくるとひだ状に折り重なっているもの。わかめを加工するときに芽かぶは取り除かれ、放っておかれる存在なのだ。魚屋さんの店頭に並ぶこともそうそうなく……ということで海辺の住人たちがありがたくいただくことに。

芽かぶはゆでると薄茶色から緑色に変化する。芯を除いて細かく切ってたたくと、粘り気が出ておいしい。そのままお酒のつまみにしたり、ごはんにたっぷりとかけて食べたり、衣をまぶして天ぷらもおすすめ。

この時季の朝ごはんの定番は刻んだ芽かぶを炊きたての白いごはんにたっぷりとかけて、かつおぶしをふたつまみほどとポン酢を合わせる。娘はこれに生卵をのせて、混ぜ混ぜ。白いごはんが芽かぶをまとって、なんとも言えないおいしさ。朝から何杯もごはんをおかわりしてしまうほど。

この頃は夕方浜へ出ると、みんなが芽かぶの詰まった大きなビニール袋をぶら下げて散歩を楽しんでいる。それを見ると、あぁ今年もわかめが豊漁だったんだなと思う。

わかめ漁のあとはひじき、天草と続き、海辺は春本番を迎える。

04 出来たてを食べる

食に関して許せないことをひとつ挙げるとすれば、目の前に出されたごはんを食べずに、携帯をいじっていたり、おしゃべりやテレビに夢中だったりすること。少々いらいら……。

お寿司屋さんのカウンターで隣にそんな人が座っていると、ひょいと手を伸ばしてその人のお寿司をつまんでしまおうかと思ったことも。「魚が乾いちゃうよ――」と、おせっかいの虫がうずいて出されたものが気になるのである。

とにかくおいしいうちに食べること。

おしゃべりが止まらなくて、料理が冷めきってから食べては「まずい」と言って必ず残す人がいた。何度か食事をご一緒する機会があったが、毎回そうなので、その方とは食事はするまいと、お茶くらいのお付き合いになった。

お話は楽しいし、悪い人ではないのだけれど、どうしてもそれだけは譲れないのである。

05

シンプルな旨味

旬の味はシンプルがいい。そう感じるようになってきたのは40歳を過ぎた頃からだろうか。素材はもちろんだが、調味料が格段においしくなっているから、足し算よりも引き算をしながらの料理が多くなってきた。先輩編集者の方の言葉を借りれば、「肉は臭みもなくやわらかいし、あくも少ない。魚は新鮮なものが簡単に手に入るようになった。野菜は全体的に繊維がやわらかく、味はどれも優しく甘くなってきているように思う。素材だけでおいしいと感じるように仕上がっている。ひと昔前とはまったく違うと思うわ」と。

そこに旨味のある調味料をほんの少し足せばよいのだから、シンプルになっていくのも当然なのだろうか。シンプルとはまた違う話かもしれないが、ここのところ塩もみした野菜から出る汁も味わいがあると感じて、捨てずにそのままオイルを合わせて乳化させてドレッシングで和えたように仕上げることが多くなった。『塩もみ＝絞る』は料理によって決める。

子どもが小さい頃は、こしょうなどのスパイスの出番がめっきり減ったが、それは今も続いていて、若い頃はなににでもこしょうをかけていたのが懐かしい。

娘に教えられたのは具なしのみそ汁。おいしいだしと手前みそがあれば具はいらないと言われ、つくってみたらすとんとおなかにおさまった。炊きたてのごはんに、煮えばなの具なしみそ汁、お香々の献立が、わが家のごちそうになった。新米の時季にはこの献立が続いても誰も文句を言わない。ごはんがおいしいからおかずはいらないと言い出した夫の言葉にはっとさせられたのを思い出す。

ついでに新米の話をひとつ。

新米の季節になると、南から新米前線が北上してくる。わが家では、少しずつお米屋さんで南の新米から食べ始めるのが恒例となっている。この時季は雑誌などで炊き込みごはんや混ぜごはんの特集が組まれるけれど、うちでは新米で炊き込みごはんはつくらない。というか水気が多いから炊き込みには向かないと思っている。むしろ古米のほうがおいしく炊けるので、新米は白飯で、残っている古米は炊き込みごはんやお寿司にして食べている。

06

ご近所の冒険

秋が近くなると、首筋に当たる風がひんやりと感じ、近所の砂浜もすっかりと冷えて、素足で歩くときしきしと砂が鳴いて気持ちがいい。「この夏も暑かったですね」と、涼しい顔で言えるようになると、裏山の散策に出かけてみる。

葉山から横須賀にかけては海岸から少し山側に登ると、縦走ほど大げさではないけれど、小さな山の尾根を登っては下りを繰り返しながら山々を歩くことができる。その道々は整備されているところもあれば、獣道というのか、夏のあいだにうっそうと草が茂り、それをかき分けながら進まなければならないところもある。

地図にない道を探しながら、進んでは行き止まり、また戻って別のルートを探しながら歩く、ちょっとした冒険散策。秋には必ずといっていいほど、脇道に大きな穴があいているのを見かける。初めて見たときには、なにか動物が掘ったものなのか、中からなにか出てくるのではないかとか、ドキドキしたものだが、これは自然薯《じねんじょ》を掘った跡だということを知った。

娘が2、3歳の頃、ちょうどその穴にすっぽりと入れる大きさだった。直径50～60センチで深さは1メートル弱、かなり大きい穴が2メートルおきくらいに左右にあいているのだ。

自然薯は細長い、長いもの半分ほどの太さで60センチくらいの長さ。ひょろりとしたおいもだ。皮を傷つけずに、折らずに長いまま掘り出すために穴を大きく掘り、丁寧に丁寧に作業すると聞く。収穫された自然薯は、近所の農家の直売所に秋の野菜と一緒にずらりと並ぶ。

皮は濃い土色をしており、皮肌もごつごつ。山いもの自生野生種だから、野趣あふれる力強い味わい。粘りは半端ではなく、つきたてのお餅のよう。秋には自然薯の掘り穴を確かめるように山歩きをし、帰りの道すがら掘りたての自然薯を買って帰る。

ひげ根をガスであぶって焼き、皮ごとすり鉢にあてててすりおろしていく。少し手間だけれど、なめらかに仕上がる。昆布とあごでとっただしを少しずつ加えてのばし、ほんの少し塩と薄口しょうゆを合わせてわが家のとろろが完成。

これを麦ごはんにたっぷりとかけて食べる。娘の大好物。口のまわりにくっつくとかゆくなるから、気をつけて。豪快にズルズルッとすすりながらも、口元はやや緊張している姿はなんとも愉快。ついつい箸が止まってその顔にじっと見入ってしまう。

07　おいしいものを食べに行く

子育て前はおいしいものが食べられると聞くとどこへでも飛んでいったが、子どもが生まれてからはめっきり外食が減った。お誘いも少なくなった。

それは仕方がないことだし、わたしも子どもを置いていくと落ち着かなくて外食を楽しめなかったというのもある。

娘が大きくなってからは一緒に食べに出かけることも多くなったし、お誘いも大歓迎。ただ自分から前もって予定を立てて、どこそこへ行くというのはなくなりつつある。先の予定を入れるのが少々不安なのだ。そのときにそのごはんが食べたいのかどうか……。体調や仕事のことも含めて、いろいろ考えてしまう。

今はほとんどのお店が予約をしないとおいしいものにありつけない。ひょいと出かけて食べられるのは町中華くらいである。おそば屋さんにも気軽にふらりと出かけられない。どんなジャンルの店も人気店は行列に並ばなくてはならなかったり、予約さえも受け付けてもらえないから、外食もなかなかたいへんな時代である。今予約をしている店で最高2年先！ なんていうところもある。

できれば食べたいと思ったときに出かけたい。計画性のないわが家は「今日の夕ごはんはあそこで食べたいね」って予約の電話をするものだから、ほぼ断られているけれど、だからといって先のことは決められない家族なのだ。

一番好きな外食はお寿司。地元で気に入っているお店が一軒あるが、そこも最近予約がとれず、困っている。

08

在来種のロマン

秋風が吹く頃、わが家の近所の野菜直売所に田の畦豆《たくろまめ》が並ぶ。この豆を、それはそれは楽しみにしているわが家。以前飼っていた黒猫も、えだ豆をゆでているとすり寄ってきたくらい、豆のなんとも言えない甘い匂いと、豆独特の香ばしい香りも少しあって、家中がこの匂いに包まれる。

田の畦豆は地元でつくられている枝豆で、10月のはじめ2週間ほど出回る。初めて目にしたときにはなんて季節外れな、などとぼけたことを言っていたけれど、食べてみたらやみつきに。粒が大きくてやわらか、ゆでているあいだにプンプンと漂う豆の香りの濃いこと。ゆで上げてざるにあげた瞬間から塩をふってざっと団扇《うちわ》であおいで粗熱を取るまでもがごちそう。

葉山と横須賀の境にある子安の里というところで採れるこの田の畦豆は絶品。この味を知っている地元ファンも多いから、けっこう買うのも競争になる。食いはぐれないよう、朝早くから豆のために出かける。代々伝わる枝豆の品種で、種も苗も売っていないから自家採種。収穫のときに来年用の種をとっておくのよと農家のお母さんから聞いた。

田んぼの畦に植えて自家用につくっていたことからこの名前がついたそう。もっとこの豆のことが知りたくなって調べてみると、茨城の在来種ということもわかった。巡り巡って三浦半島にも種が流れ着いた!? そしてこの土地が豆にとても合っていたということなのだろうか。

本来は若採りして枝豆として食べるより、大豆として煮豆にしたり、みそをつくったりして食べていたとも。近年の枝豆ブームで、若採りが盛んになったそうだ。ゆでたての大豆はまた一層香りがいいのではと、期待が膨らむばかり。

娘が通っていた小学校では、5年生が米づくりをすることになっている。次の春に6年生になったら新1年生に、その米でつくった紅白のおまんじゅうを渡すのが伝統のひとつとなっていた。1年生のときに受け取ったおまんじゅうの味を覚えていて、5年生になったら米づくりに励む。つくる体験だけでなく、それをつないでいく授業、ぜひ続けてほしいと願っている。

種を絶やさず、代々継がれていく貴重な枝豆と紅白まんじゅう。長く長くこれからも続くであろう時間が、こんなに身近にあることに胸が熱くなる。おいしいの先にもロマンはあるなぁ。

09 寝かせたおいしさ

30年ものの梅干しをいただいたことがある。

梅干しをつくって、もし翌年まであまってしまったり、皮が硬く仕上がったりしても、次の年に干すとおいしくなる。そのことを知り合いに伝えたら、ずっと放ったらかしにしている梅干しはどうなのかしらと30年ものの梅干しをくれた。

その梅干しはもうカピカピに干からびて、果肉は種に張りつき、塩の結晶が固まった状態。それでも恐る恐るつまんでみると、これがなかなかいい塩梅《あんばい》。しょっぱくなく、熟れた味っていうのだろうか。幾重にも味が重なった感じで、どうにも表現が難しいのだが、形はどうあれ梅干しなのだった。

早速、だしと合わせて梅つゆをつくり、豚の三枚肉のかたまりと一緒に蒸し、と料理してみた。これが見事においしかった。レシピに『30年ものの梅が必要』と書けないことが残念なほど。うちにも小瓶で十数年とってある梅干しがある。30年経過するまで様子を見てみようと思うけれど、それまで生きていられるかしら。夢から現実に戻される。

ちなみにわが家では、はちみつを寝かせている。こちらも、30年ものをいただいて以来の大ファン。

友人宅の古い蔵を取り壊すというので、「おもしろい古道具が出てくるかもしれないから遊びにおいで」とお誘いがあり、飛んでいったら、錆びついた一斗缶のはちみつが出てきた。だめもとで開けてみる。褐色のどろりとした液体を恐る恐るなめてみると、おいしい一っ。歓声が上がるほど、みんなでその味に感動した。とにかく味が濃い。コクと香りがふわっと口に広がって、いつまでも舌にはちみつがからみついて残っているように感じた。争うようにはちみつを分け、その日の一番の収穫は、このはちみつになった。

わが家のはちみつは、ただ今10年もの。まだまだである。

10

家でお酒を飲むなら

お酒を飲む機会はめっきり減ったし、晩酌もほぼほぼなくなっている。というのもお酒を飲むとだるくなって眠くなってしまうようになった。だから飲んだらすぐに寝られる状態になっていないと飲めないのである。弱くなった。

娘のお稽古ごとのお迎えなどで、飲むチャンスを逃しているというのもある。だから外食や旅先では飲むぞーと決めてしまうとウキウキが止まらない。そして、ハメを外して飲みすぎる。

飲むときには、つまみというよりはごはんと一緒に食べながら飲むタイプ。漬物、ピクルス、チーズ、ドライフルーツの類いは欠かさず冷蔵庫にあるので、ちょっとごはんのあとに飲むときにはそんな軽いつまみで一杯やる。夫は千切りのキャベツか、レタス、納豆、豆腐、目玉焼きがつまみの定番。それにごはんのおかずをちょっとつまむくらい。

案外家飲みのつまみは質素だし、そのために準備することはなくなりつつある。だから人が集まるときには張りきって日頃あれこれとつくってみたかったもの、食べたかったものを準備するといった具合。

お酒を飲まなくなったのはコロナ禍で来客が減ったのも大きな理由。またみんなでわいわいおしゃべりしたり、大笑いしてお酒の席で盛り上がったりしたいものだ。

それでも、いつ誰が訪ねてきてもいいように、お酒のストックだけは充実させている。なにしろ田舎暮らしなものだから、買い物が不便で、買い置きできるものはしておくように。急な来客でも食べ物は、保存食などでなんとかできる自信あり。

II

手土産とおもたせ

手土産の定番はしらす。地元の味を味わってもらいたいから、その日にあがった出来たてのしらすを持っていくことが多い。季節によってはわかめやひじきなども。リクエストされることがあるほど、地元のしらすは喜んでいただけるから、迷うことなく、繰り返ししらすを届けている。ただ生ものを手土産にできないこともあるので、そんなときには新鮮な収穫したての野菜だったり、果物だったり、地元のお菓子を持参する。お菓子は鎌倉の『クルミッ子』や豆菓子を選ぶことが多い。日もちがするのと、お茶にもお酒にも合うので、男女を問わず、そうしている。

そして身近な人には季節の手づくりジャムや出来たての梅干しやみそなどを届けることもあるけれど、手土産用につくっているわけではないので、定番ではない。

おもたせは、それはそれはみなさんが気を使ってくださり、都会からおいしいものを届けてくださる。ときには地方の旅のお土産もうれしい。お菓子に限らず、これ使ってみてって、地元の料理の紹介とともに調味料などもいただく。わたしが知らない地元のお菓子をいただくこともあって、新たな発見も。いつもおもたせの話題で、ひとしきり盛り上がる。どうして選んだのか、どこに店があるか、どうやって食べるかなどなど、おもたせにもそれぞれに物語がある。

娘にカレー味のおせんべいを何種類も持ってきてくれる方もいらして、それぞれの思い入れがありがたい。うちでお酒を飲むようなときにはお酒の瓶がずらりと並ぶ。このお酒の選択基準もそれぞれあって話を聞くのがおもしろい。なぜか呑んべいが集まるから、いろんなお酒をいただく機会があって幸せ。

最近、インスタを始めたこともあっておもたせを記録として携帯に収めようと思ってはいるのだけれど、それがね、ずっとそういうことをしていなかったから習慣になっていなくて。誰かが携帯で撮りだすと「あっそうだった。わたしも」と続くが、うん、正直なかなかそんなことが難しいのである。

ごはんもそう。撮るよりも先に箸がすすんでしまう。夫や娘が撮り始めると「早く早く、冷めちゃうよ」と気になる。

12

保存食の楽しみ

母が熱心につくっていたこともあって、わたしも結婚をしてから自分でつくる保存食が増えていった。幼い頃から親しんだ味が恋しいという理由もあるが、長年続けていると、それがないとわが家の食卓が成り立たなくなってきたからだ。

友人に誘われてらっきょう漬けを始めたことがきっかけで、次々と新しいことに挑戦したり、母からずっともらいっぱなしだった梅干しも自分でも漬けてみようと思いたったり、何度も何度もまた送ってとねだっていたゆずこしょうは、いいかげんに自分でつくりなさいと、材料が送られてきて、そこからはゆずこしょうを手づくりするようになったりと、スタートラインにはそれぞれに理由がある。

都会を離れた今は一層、保存食が欠かせなくなった。近所にはお店はなく、コンビニにも車を7、8分は走らせないと行くことができない。往復15〜16分かかる。

なにか食べたいけど、面倒だなと思っても買い食いするには時間がかかる。髪をとかして部屋着を着替えてなんていっていると、もっと時間が必要だから、おやつが食べたい、小腹が減ったら自分でつくったほうが早いのである。

そしてそれを助けくれるのが保存食。わざわざ買い物をしなくてもなにかしら食べるものがあるというのは心強い。

15年前くらいからは保存食名人の『せっちゃん』とも交流ができた。最近そのやりとりを本にまとめたばかりだが、とにかくせっちゃんの保存食づくりが丁寧で、キロ単位の量をつくっていて、ほとんどの素材が自家用の畑から収穫したものや庭で採れた果実で、保存食のために素材づくりから力を入れている。ひとつひとつのレシピにこだわりがあっておもしろくって、しかもわたし好みの味ばかりで、ひとりで黙っていられずに本にまとめさせてもらった。

すべてはまねできないけれど、この部分はわたしのレシピにも取り入れたい、毎年少し味を変えてみようとか、やり方を変えてみようなどなど、これからも長く続くであろう保存食づくりに刺激をもらっている。

本をまとめるにあたっては、ずっと記録として撮り続けていた写真を使うことになり、わたしもせっちゃんも真剣になるあまり怖い顔をしていたり、鼻の下がのびていたり、下唇が突き出ている写真もあって、娘から「この写真でいいの、大丈夫?」って言われたけれど、しょうがない。〝記録写真〟という説得力にもつながったのではないかと思っている。ふたりで笑顔で写っている写真は、本にまとまることが決まってからカメラマンの澤木さんに撮ってもらったもの。いい瞬間を切り取っていただいた。

ぬか漬け、梅干し、らっきょう漬けなどは、どれも初夏に仕込む保存食。

梅干しは味がなじむのに半年ほどかかるため、それまでは前年度に仕込んだものを食べている。そのまま食べるほか、調味料としての役割も大きい。蒸し物、炒め物、和え物などの味つけに使うときには市販の甘い梅干しではなく、自家製の塩気も酸味もしっかりと効いている梅干しが好みの味を出してくれる。

丁寧につくった梅干しは種までおいしい。うちでは果肉を調理に使ったあと、種は別に保存し、煮物の味つけや麺つゆづくりの際に使っている。だしに種を放り込んで煮出せばほんのり梅の塩気と酸味が味に深みを添えてくれる。種も大切な味なのだ。

ぬか漬けは、ぬか床を育てる。友達は1か月もの長い時間、野菜の捨て漬けをしてから、本格的に漬けるという。直売所に一緒に出かけると、ものすごい量の野菜を買っており、聞くとかぶの葉っぱや野菜の皮を捨て漬けに使うのだとか。捨て漬けのための買い物！　なんともぜいたくなぬか床づくり。でも、それだけこだわってやりたい放題できるのも自家製ならでは。皮や葉を使ったあとの野菜はせっせとピクルスにしているそうで、わたしもご相伴にあずかる。

毎日の食卓に必ず上がる家族の好きな味。同じ料理の繰り返しでも家族はおいしいと言ってくれるから、保存食が欠かせなくなった。あとあと、やっぱりつくっておけばよかったと後悔しないためにカレンダーとにらめっこし、素材が出回るときを待つ。

この10年くらいは熱心にみそづくりをしている。震災の年に福島でみそづくりを習うはずだったが、約束していた日の1週間前に震災が起こってしまった。そのときに用意していた豆で、そのときに集まる約束をしていたメンバーで、わが家でみそづくりが始まった。

最初は道具もそろっていなくて、当日みそを仕込む樽を買いに行ったりしてバタバタだったことが懐かしい。樽はすぐに手に入らず、みんなでつくった初めてのみそはプラスチックの米びつに収まった。豆をつぶすのも熱い熱いと言いながら手でつぶした。

翌年は樽や重石《おもし》を事前に用意し、豆をつぶす機械も買った。というのも手前みそがあまりにおいしくて、また次も仕込みたい、もっとたくさん仕込みたいと豆の量がエスカレートし、それならばと簡単につぶしてくれる魔法のようなマシーンを備えることに。

　今はそのみそグループが5組に増えた。その組ごとに塩や麹の分量が違い、豆や麹の種類を替えるグループもある。すべてのグループの樽をわが家でお預かりし、夏を越したら天地返しと言われるみそ返しにみんなが集まり、仕込んで1年後くらいに出来上がったみその頒布をし、また空いた樽に新たなみそを仕込むということを続けている。

『みそ会』と称して集まってはお酒を飲む時間のほうが主だったりはするんだけれど、毎年出来上がるそれぞれのみそを試食させてもらう。同じようにつくり、同じように寝かせてもまったく味わいが違ってくるのもおもしろい。カビがほとんど出ない樽、これはたいへんだと思うほどカビが出てしまった樽もあるけれど、発酵している自然のものだからしょうがない。カビを丁寧に取ったあとはおいしいみそが必ず出てくることもわかり、この10年鍛えられたおかげで、自信がついた。

　不便な土地というのはわたしが越してきたから言えることなんだけれど、ずっと長くここに暮らしている人にとってはなんのことやら。都会に慣れすぎた生活というのは、ときとしておかしな錯覚を覚えてしまうこともあるかもしれない。

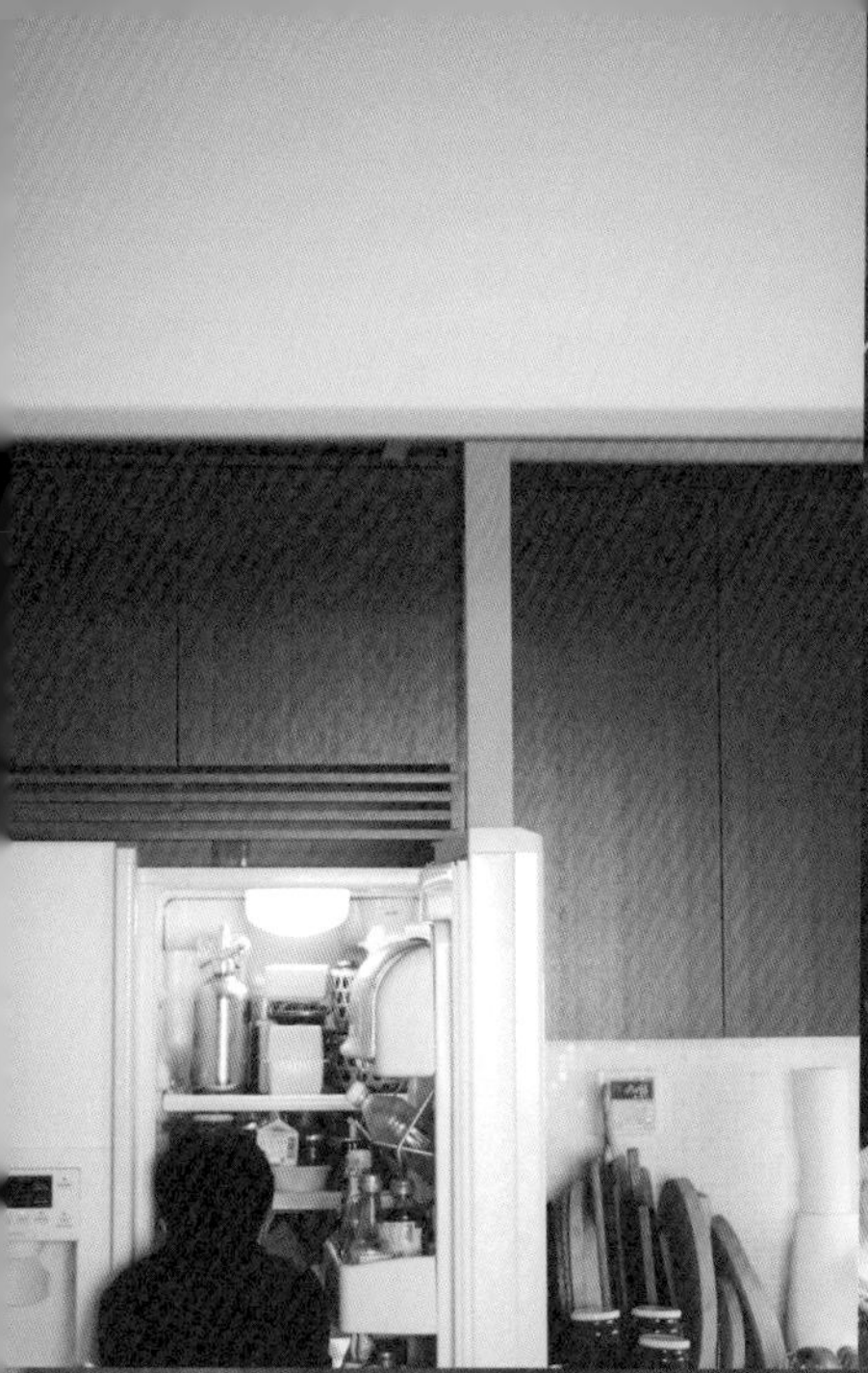

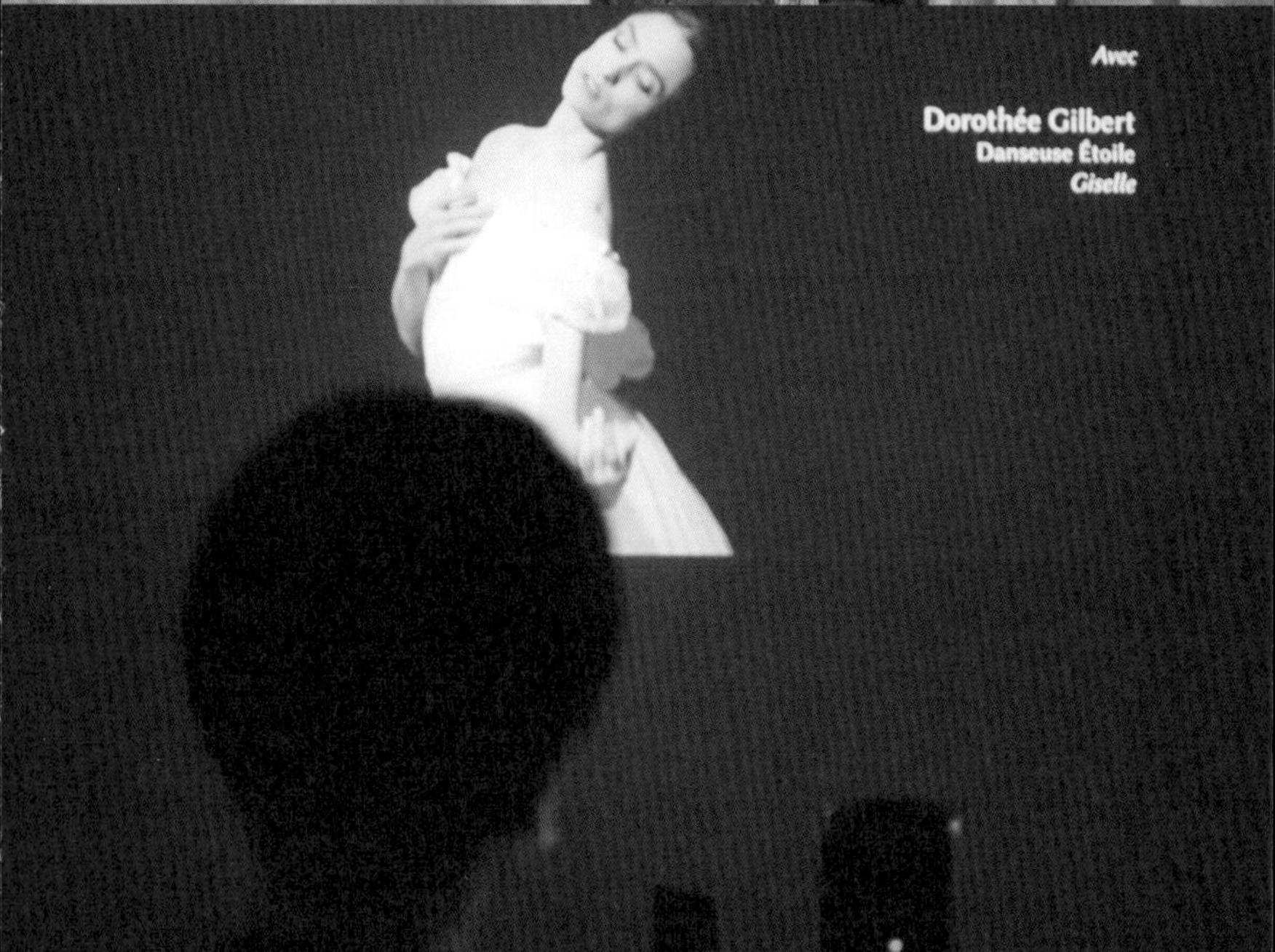
Avec
Dorothée Gilbert
Danseuse Étoile
Giselle

recipe column

お米3合に
梅干し2粒を入れて炊く。
実をほぐしながら
軽く混ぜていただく。
ほんのり梅風味のごはんは、
炊き込みごはんよりも
楽につくれるのがよい。

story Ⅲ
家の話

01

災害やコロナに寄り添う暮らし

『サバイバル家族』という映画を見た。

娘が「やっぱりお母さんが一番頼りになるね」と言っていたが、映画を見進めると頼りなかったお兄ちゃんが、お父さんがサバイバルに向かう姿勢を見せていく。

娘が生まれてから震災、台風被害、コロナ禍と、そのときどきに対応していかないと生活できないことが続く。

越してきて少し地元に慣れた頃、震災に遭った。電気、水道、ガスが止まり、ライフラインの復旧にとても時間がかかった。近所の人からすぐにスーパーに行ったほうがいい、たいへんなことになっているという連絡をもらったけれど、保存食と日頃備蓄している食料と、カセットコンロでなんとか乗り切ることができた。このときほど保存食に感謝したことはない。

電気やガスが止まっても、カセットコンロでなんとかし、コンロのガスが尽きれば、庭やガレージで火をおこした。お風呂に入れないのがややつらかったけれど、キャンプに慣れていたわたしはまったく問題なく、肌の弱い夫や娘は濡れタオルで対応した。お湯を沸かせるときには大鍋で沸かしてたらいに移し、部分的に湯に浸かった。寒さは重ね着をして乗り切った。湯たんぽなどの懐かしい道具も役に立った。計画停電の際には相当早く寝床に入り、夜明け前の空が薄明るくなる頃に起きた。

毎年やってくる台風のときにも必ず停電になる。ひどい年には3日間電気が使えないこともあったけれど、そのときにも保存食のおかげで、普段通りに過ごすことができた。

まだ気温が30℃。エアコンが使えず、日中の暑さに耐えられるか。上京していた父のこともあり、このときは早いうちに見切りをつけ、一泊だけ電気が復旧している宿にお世話になった。

冷蔵庫は開け閉めを最低限にすれば、ぱんぱんに詰まっている冷凍室の食品のおかげもあって、4日間はまったく問題なかった。一度も開けなかった2台目の冷蔵庫の冷凍室にあったブロック氷は角がくずれていなくて驚いた。

慌ててクーラーボックスなどに移さなくてよかった。ボックスに移せば、氷を手に入れないといけないので、不便な地に住んでいる者にとっては開けないことが重要のようだ。
年々台風の経験が重なり、備えも先々のことを考えてできるように。それでも毎回〝想定外〟という言葉が飛び交うことになってきているのだから、完璧はない。

何年か前の大雪のときは外へ出たくても出られない状態。道路の雪が完全に解けるまでは車を出せないし、坂の上の家はタクシーも断られて、5日間くらいは娘と一緒にスノーブーツを履いて、バス停までの道のりを往復していた。そういうときに限って、わが家の夫は出張で不在。だからあとでたいへんだったと話してもまったくピンときていなくて他人事、このときばかりは湯気がふき出るほどカッカとした頭になる。

新型コロナは花粉症であることや、普段から手洗いや消毒をけっこう神経質にやっていたおかげで、慌てずにすんだ。というのもこの時季は花粉対策やインフルエンザに感染しないよう、毎年かなり気をつけている。一度インフルエンザにかかり、スタッフにたいへん迷惑をかけてしまったことや、娘の大事な舞台の日に発熱させてしまって、舞台に立たせてやれなかった経験もあって、インフルエンザ同様コロナにも向かう。

ただ、夫が手洗いの習慣を身につけるのに時間がかかった。普段はそんなにガミガミ言わずにいたが、新型コロナの場合は別。玄関の扉の前で待ち、部屋に上がる前に泡石けんを手につける。そのまま洗面所に。そうしないと「手を洗ってからいろいろしてね」と言っても、クローゼットを開けたり閉めたり、冷蔵庫をのぞいたり、いろんなところを触りながら洗面所に進むから気が気でない。

ある日は「そのままお風呂に入るからいいだろう」と言う。風呂場に向かうあいだに洗わない手で触れる部分もあり、風呂場の扉、シャワーヘッドなどなど、触ったところを改めて消毒してくれるならいいのだが。温度差がけんかの原因になる。

手洗いやマスクの徹底で、この時季悩まされる花粉症や結膜炎にならず、インフルエンザにもかかることなく済んだのも事実。ここまでしなくてもと思うこともあったけれど、かかってから後悔するよりはできる限りのことはしておこうと日に日に思うようになった。

そしてそんなさなかに給湯器の電源が入らないことに気がつく。

すぐに修理をお願いしたけれど、部品交換に2日、全部取り換えるとなると4、5日かかるという。連休中であったこともあって、早急にとはいかない。以前故障したときには銭湯巡りが楽しかったけれど、今はコロナの影響でそれもできない。

みそづくりのときに使う32リットルの大鍋を引っぱり出し、お湯を沸かす。

鍋を移動することは難しいから、小鍋ですくって風呂桶までお湯リレー。いつもは各自が自由に入るお風呂もこのときばかりはお湯を足し足し、短時間で交互に家族3人が入った。もちろん普段のようにお湯に浸かるまではいかなかったけれど、めいっぱい寝転べば、体の半分以上はお湯に浸かることができた。もう暖かくなり始めていることもよかった。

髪は1日おきに洗面所で。

お風呂上がりの気持ちよさをさらに感じた晩となった。

神々の山嶺
夢枕 獏
ソングラ
日々の食
第三の嘘
ふたりの証拠
昨日
夜の寝覚め
笑い三年、泣き三月
料理王国

02

ものを減らす

とにかく捨てられない性格だった。

袋、箱、紙類、ひも、リボン、瓶、服やバッグ、靴など、もらってくれる人がいれば譲り、若い頃はフリーマーケットに参加していたこともある。それでもあふれるのは無駄な買い物だったと、反省もしている半面そのときは楽しんだからいいではないかと開き直る気持ちもある。

本や雑誌も山積み。本棚には収まらず、ベッドサイドやリビングの隅に積読《つんどく》状態（読むものを積み上げていること）。この言葉は取材を受けたときに言われて以来、気に入っている。

それでもなんとか部屋に収めるべく、工夫はしてきた。季節ごとの衣替えのときには服を、年2回は本を、器は使用頻度が下がったものを譲るようにしている。

引っ越しのたびに整理して、「あーすっきりした」と言ってもまた、ものはあふれるのである。だから引っ越しの前後はものはもう買わないと誓うけれど、それでもね。

50歳を過ぎてから、今やっと物欲が収まりつつある。

娘が生まれ、彼女の成長につれてものが増えてきたから、自分のものを自然と抑えるようになったのかどうかわからないけれど。この年になってようやく必要なもの、欲しいものを見極められるようになったのだと思う。

食材以外の買い物に出かけることがなくなったというのもある。東京の美容院へ月に一回出かける際に、通い慣れたデパートへ行くのが楽しみだったけれど、それも最近は用事がなければ寄らずに直帰する。出不精になったのだろうか。

そんなわけでものを減らすというよりは、増えなくなりつつある今がある。正直、無駄なものはないかもしれないが、使わない、着ないものに囲まれているのはどうにも落ち着かない。やはり、少しでも片付くと、心の波が静まるような気がする。

03

家のリフォームで見えたもの

家のリフォームをしたとき、1か月ほどは部屋の中で、キャンプ生活をしているような毎日を送っていた。

全面改装するわけではなく、ところどころ小さなリフォーム。リビングにあった3帖ほどの畳の小上がりをタイル敷きにするとか、押し入れを撤去とか。一番大きいところはキッチン。ここだけはすべてつくり替えた。

当初の予定では2週間もあればできると聞いていた。「まぁ、もろもろ片付けを入れて3週間かと。キッチンにおいては撤去に1日、取り付けに2日」と言われて、えっ、そんな時間でできてしまうの？　と驚いた。

それがそれがいざふたを開けてみたら――。

部屋中養生をし、ほこりや木くずが舞うというので、ベニヤの壁がつくられ、リビングは4

分の1のスペースに家具が押し込められるという具合。これをするだけでも1日かかった。さらに、キッチンは撤去後の電気やガスの配線がとても複雑だったらしく、新しい台所設置日を先に延ばして作業したら思うようにはかどらずに、日程表が一日一日と延びていった。

唯一改装なしのスペースは娘の部屋だけ。そこに、トースターや炊飯器、簡易コンロを持ち込んだ。そこで料理をつくり、食べ、寝る。洗い物は洗面所や庭の水場で。それでもなんとかできるもの。

献立は鍋が中心。炒める、焼くは難しいので、ひたすら煮る、煮る、煮る。

ある日はおでん。昼間に庭で大根と里いも、卵の下ゆでをしておき、夕方に練り物とだしと合わせて仕上げた。

次の日はおでんの残りに八丁みそを溶き入れて、うどんを入れ、みそ煮込みうどん。

またある日は、豚バラ肉ときのこと根菜のごった煮。こちらは下ゆでもなく、ひたすら切った材料をだしで煮るだけ。みそとしょうゆで味つけして、食べる直前にごま油をたらすと、コクが出ておいしかったな。

次の日は残ったごった煮に、カレールウを溶き入れて和風カレーライス。そう、次の日の献立も考えて多めにつくっては変身させる鍋を続けた。

「娘さんのお弁当はどうしているんですか」って心配してくれた人がいた。これもですねー、なんとかなるもんだなと自分で感心してしまったくらい。

おにぎりとサンドイッチの繰り返し。おむすびなら、おかずは箸休めのようなおかずでもいい。ちくわやかまぼこをさっと煮たものや、煮卵、台所が使えなくなる前につくりおきした、ひじき煮や煮豆、漬物がお弁当づくりを助けてくれた。サンドイッチはハムきゅうり、チーズジャムといった火を使わない具でなんとか乗り切った。

当の本人である娘はまったく気にしておらず、むしろこのキャンプのような生活が楽しかったらしい。台所ができたあとも自分の部屋で、みんなで食べたいと言っていた。子どもはどんなこともおもしろがってくれる。忘れてしまったそんな感性を、娘が教えてくれたエピソードだ。

そこに住みながらのリフォームはたいへんだろうと誰もが言った。始まってからそんなことを言われても、と当時は思った。始める前には誰ひとりそんな忠告をしてくれる人はいなかったが、現場から離れなかったのはよかったと思っている。何日かは温泉にでも行っていようかなんて考えもしたが、現場監督さんにできればいてほしいと言われたのがよかった。デザインしてくれた人とはじっくりと打ち合わせをしたけれど、現場で実際につくってくれる人はまた別の人。話がかみ合っていないことも多く、壁紙なんてリクエストしていないとか、床暖房の配線がおかしいとか、素人ながら口をはさませてもらった。それでももっと張りついて見ていれば、もっと満足いくリフォームになったに違いないと反省。またリフォームする機会があったなら、今度はうるさがられてももっと見ていよう。

そして、わたしには一軒家を建てたり、全面リフォームは無理だと悟った。友人夫婦はとても仲良しで、けんかなんて一切しないふたりであったが、家を建てるときには夫婦げんかが絶えなかったと聞いている。家を建てるのはお金もかかるが、相当な覚悟とエネルギーを要することを知った。

04

秘密の地下室

今、住んでいる家には半地下室がある。道路から見ると1階、庭から見ると地下になっており、元はガレージ奥にある一室だった。以前住んでいた音楽家の方が防音室にし、そこでレコーディングなどもしていたようで、壁や天井が特殊な形をしている。上階のリビングやダイニングとはつながっておらず、入り口はガレージからしか入れない密室。

けれど、わが家には音楽家はいないので、完全に密閉された一室は必要ない。ということで、リビングから地下へ下りられるように床を切り取り、階段をつけ、楽に行き来できるようにした。

地下にはCD用の棚が壁一面につくり付けられていたので、そこを書棚にし、これまで使っていた本棚を地下に置いて常備の調味料や保存食を入れる棚にした。階段の下には大きなみそ樽が5、6個と、そのあいだにアンチョビや梅干しの小さな樽を積み重ねて置いている。越してきた当初は地下室を書庫として使い、ソファを置いて映画を楽しめるようプロジェクターを設置するという野望を抱いていたが、本と発酵樽が混在する一室になった。

地下室というとちょっとかっこいいイメージだけれど、ガレージに続く部屋でもあるので、空の段ボール箱や不要なものを一時的に置く場所になっており、気をゆるめると足の踏み場がなくなるほど散らかる。

先日は本棚の撮影をしたいとカメラクルーがやってくるというので、1週間かけて片付けた。そういうことでもないと、ずっとこの部屋は汚部屋のままだったろうなと思う。本棚に入りきらない本が山積みになり、仕事の資料はとっておくものの一度も見ることなくファイルに入ったままで、越してきたときの段ボール箱も2、3個あった……。それらを思い切って処分したら、スペースができた。

その様子を見て母がひと言。

「あの部屋がこんなに片付いているのを見たのは引っ越し以来ね。お疲れさま」とねぎらってくれるほど、問題のある部屋であった。

05

家具を探す

じつは、意外と家具にこだわりなし。

東京から海辺の家に引っ越す際は、マンションから一軒家へ移ったので、久しぶりに家具も新調したいと思った。でも、そのときは娘を産んだばかりでそれどころではなく、家主の方の家具をそのまま借りて暮らしていた。

そのうちにそのうちにと思っていたら、6年がたち、その次に移った家は家具付きで譲ってくれたので、9年たった今も一部はそのまま生活している。

テーブルと椅子、食器棚は新しく買った。ソファとラグ、カーテン、ダイニングテーブルと椅子は色を塗り直し、布を張り替えてそのまま使い続けている。

物欲がなくなったせいもあるかもしれないが、家具を探すのが、やや面倒くさくなってきたのも事実。誰かにいいのがあるよと言われたり、誘われたりしたら、えいやって気合が入って探しに行けるのかもしれないけれど、その気持ちもやや薄れかけている。

必死に探すと案外見つからないもので、ひょっこりと出合うのがいい。そのときにピンとくるものがあれば、手に入れたいな。今使っているテーブルと椅子は高校の3年間を暮らした長野市内の家具屋さんでオーダーしたもの。高校生のとき、毎日この家具屋さんの店先をのぞきながら通学していた。「いつかここの家具で暮らしたい」という憧れが現実になった。

取材先の九州の家具屋で見つけた椅子とサイドテーブル、うちの家具はそんなラインナップ。家具ではないが、台風で玄関先のアプローチが壊れて新しく工事をしてもらったが、外灯がいまだに決められず電気の配線がそのままむき出しになって1年以上たとうとしている。さすがに仮のライトでもつけようと思っているところ。そんなペースで家を整えているものだから、ひとつ完成したら次の不具合ができ、修理を繰り返している。

それでも住みよいわが家である。

06

そっと一輪の野の花

よほど暑い時季以外は花葉を欠かさない。花を飾るのも手入れも好き。花屋さんで花を選ぶ時間、庭の花を摘む時間から心はずむ。

たっぷりと生けるよりは一輪や枝ものを。花だけでなく、葉だけを生けると鮮やかな緑が目に優しい。ドライになっても美しいものはしばらくそのままにして楽しむ。枝ものは新芽が出てくればまた違う姿になって美しくなる。最後まで面倒を見れば花も喜んでくれるような気がする。花器は専用のもの以外にグラスや、空き瓶を利用。身近な器のほうが案外生けやすいし、部屋になじむような気がする。花がないときは、庭のローズマリーを生けると香りを放ってこれもまたよし！

わが家の庭の草木は海風が強いので、なかなかうまく育たないけれど、冬終わりは水仙、春はレモン、ブルーベリー、すずらん、チューリップ、クロッカスの花が咲く。たくさん花芽をつける年、花芽が出ない年、同じように世話をしていても違うのがにくいところ。花芽を発見するとその日一日がハッピーに。

初夏の庭にはピンクのゼラニウムとドクダミの真っ白な花が満開になる。しばらくドクダミを雑草扱いしてきたけれど、もう取りきれなくなって負けた。鑑賞花に昇格した。

そして、真夏になるとイタリアンパセリとディルの黄色い花がわさわさと風になびくようになる。花芽をつけると葉が硬くなるから、花のついた茎を大胆に切ってリビングに生ける。イタリアンパセリはセロリにも見える茎の太さ。ディルは花と葉を一緒にサラダやカルパッチョに散らし、花は塩とオリーブオイルをかけたヨーグルトにトッピングする。美しい。

パセリはわが家の庭でも毎年よく育つ。ディルは初めて大きく成長。2メートル近い大木になった。もはやディルには見えない育ちぶりである。

先日、数種のハーブを集めたブーケに一輪のバラが入った花束をいただいた。絶妙な色具合とほのかに匂い立つ香り、そしてこれらをすべて庭で育てていると聞き、すっと心が温まる。

07

片付けと掃除はできるときに

片付けは基本的には好き。でも散らかすのも好きだから、つねにすっきりと片付いた家ではない。とりあえずはリビングとキッチン、ダイニングは家族の憩いの場であり、わたしの仕事場でもあるので、ここだけは散らからないように心がけている。

各自の部屋はというと、お見せできないくらいと思ってほしい。ものがあるとその分ほこりがたまり、散らかりの原因になるからクローゼットへ、を肝に銘じている。

片付けは一気にしない。引き出しひとつずつ、冷蔵庫の棚一段ずつ……。できるときにひとつずつ進める。

そうするといつの間にか順繰りに片付けられ、掃除されるという具合。見えるところが片付いているのはもちろん気持ちのよいことだけど、引き出しの中がすっきりとしているのもいいものだ。散らからない法則はわたしにはないけれど、隠す方法はある。扉の付いた戸棚をひとつ空けている。急な来客のときに散らかっているものがあれば、一気にそこへ放り込む。その戸棚のおかげで助かること多々あり。

掃除も同様。毎日ほこり取りと掃除機をかけるのはリビングダイニング周辺と玄関。そしてトイレ掃除とお風呂掃除。最近では娘がお風呂を担当してくれるので助かっている。

拭き掃除も気になったらすぐにやる。仕事中でもキッチンの床が気になれば拭く。階段にほこりを見つければ拭く。1分もあれば拭けるので、それを面倒と思ったらなにもできない。

出かける際には椅子をテーブルの上にのせ、お掃除ロボットのスイッチを入れて出る。一日に何度か掃除ロボットがくるくると部屋を回ってくれるだけでもほこりのたまり具合が違う。

ある方のご主人は、2階にある自室から1階のリビングへ下りてくる際は後ろ向きで、階段の拭き掃除をして下りてくるという。まぁこれはうらやましいと思ったが、うちの家族には強制できない。やる気を起こさせるほうがたいへんなので、自分でやる。階段の上り下りをするときは、モップを片手に往復すればよいだけである。

08

家事はプロにまかせる

自分で続けてきたこともおっくうになったり、満足できなくなったりすることが出てきた。ひとつは包丁研ぎ。研ぎ石で研ぐことを習って続けてきたけれど、料理の仕事を始めてからは研ぎが追いつかずに、プロにおまかせするように。よいタイミングで研いでくださる方を見つけたというのもあるし、自分で研いではときどき包丁研ぎに出すというのを続けてきた結果、ある研ぎ師の方に「自分で研ぐのはもうやめませんか」「これはひどい、すぐに修復できないから預かりたい」と言われてしまったのもきっかけのひとつ。

研ぎから帰ってきた包丁の切れ味といったら。とにかく千切りをしたくなる。切ることがこんなに気持ちがいいことなんだと教えてくれる。若いときはごろごろ野菜をはじめ、けっこう大胆に素材を切るのが好きだったが、子どもが生まれてからは離乳食などのこともあって、なんでも細かく切ったり、かなり繊細な千切りにしたりするようになった。

そしてもうその必要はなくなったけれど、千切り好きはそのまま。なんといっても歯ごたえはある程度あって、食べやすい。最近は自分の咀嚼《そしゃく》の力がやや衰えてきているように感じることもあり、自然と切り方もそれに合わせるようになってきている。

テーマから脱線するけれど、野菜をやわらかくゆでることも好きになった。たとえばブロッコリーや枝豆はかたゆでが好みだったけれど、あるときしっかりゆでたら、そのほうが野菜の旨味を強く感じたので、それからはかたゆでだけでなく、やわらかくゆでるのも調理法のひとつに加わった。どちらもそれぞれにおいしいのである。

いんげんのゆで加減にうるさい人も多い。かためにゆでると口当たりがしゃくっ、きゅっとするというのだ。確かに、かむたびに歯に当たる。いやではないが、言われてみると気になりだす。それからは少しやわらかめにゆでてみたら、いんげんらしいやわらかさが味わえた。

月に一度、プロにお掃除をお願いする。これは窓掃除がままならなくなってのこと。この海辺の暮らしはとにかく塩害との闘い。家も車も庭の草木もつねに塩に悩まされている。とくに雨や強風のあとの窓は塩でどんよりと曇る。台風のあとは砂ぼこりや葉っぱも塩と一緒に窓に張りつくので、すぐに窓掃除をするが、それが頻繁にあるともう間に合わない。それをプロにお願いをしたら、短時間であっという間にきれいになった。

それからは味をしめて窓掃除を定期的にお願いし、ときどき台所の換気扇やお風呂などの掃除も頼むようになったら、気持ちがうんと楽になった。今は仕事の場であるフロア、キッチンやリビングダイニングを中心にプロにまかせ、わたしもその時間は冷蔵庫や引き出し、棚の片付けやほかの部屋の掃除をすることにしている。

先日は洗濯機の洗剤を投入する部分を掃除してくれた。その部分が引き出せて掃除できることを知らずにいたから、まぁそれなりに奥が汚れていて驚いた。キッチンのゴミ箱も洗わないと、と思いながら、そのままになっていたのも洗ってくれた。ちょっと面倒と思って引き延ばしていた部分を掃除してもらうことでリセットでき、その後の掃除への意欲が違うことを実感している。

ほかにプロにまかせているのはクリーニング。といっても夫は会社勤めではないので、毎日スーツを着て仕事に行くことがないから、シャツの類いを出すことはなく、主に出すのはわたしの仕事着の白と黒、紺のTシャツ。「えーTシャツ!!!」っと思われるかもしれないけれど、洗濯機で洗うと、けば立ったり、白いものはなんとなく薄汚れたような色になり、黒いものは色が落ちていく。天日干しにすれば海辺の日差しで色落ちは早い。ネットに入れてデリケート洗いモードで洗濯をしたり、洗剤を替えてみたり、アイロンを当ててみたりなどしたものの、あまり効果が見られず、仕事用のものだけプロにおまかせすることとした。

おかげで長もちし、毎回買ったばかりのような着心地に。ちなみに夫のシャツ類はアイロンがけが苦でないので、自宅洗い。パンツやおしゃれ着も洗えるものは自宅で洗い、ビシッとアイロンで筋をつけている。

カーテンは年に2、3回頼む。朝取り外しに来てくれ、急ぎ工場でクリーニング、夕方取り付けてくれるサービスがあると聞き、お願いをしている。さすがプロ、取り外しも取り付けもあっという間。ほつれや、カーテンレールの不具合も見てくれ、1日ですむのも大助かり。実家のカーテンは母が自分で洗ったら縮んでしまった。買い替えたばかりだというので、今もつんつるてんのままである。

大きなものではシーツを出すという話も聞く。確かに糊がかかったピッとシワひとつないシーツは、ベッドメイキングも気持ちがいい。

わたしは、シーツは出さないけれどアイロンをかける。まだ乾ききってないところにアイロンを当てると、生地がすっとのびる。その一瞬で心地よくなる。単純……。手アイロンのときもあるけどね。

アイロン作業は好きな家事のひとつ。

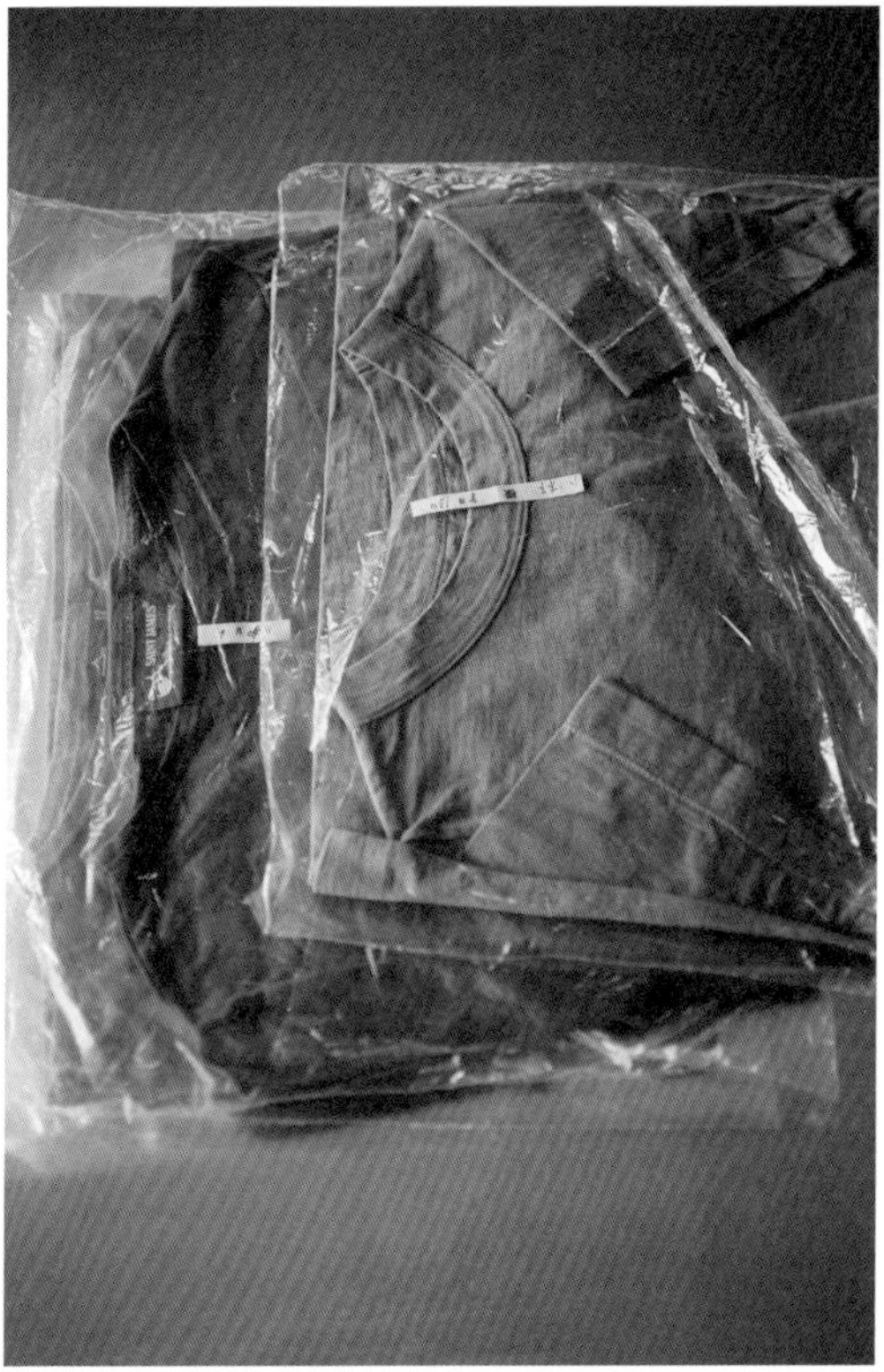

『わが家のおつまみ』

recipe column

薄切りにしたりんごで
スライスしたブリーチーズを
はさんだもの。
レーズン入りのパンに
チーズとあんずジャムをのせて。
甘じょっぱさが
くせになるおいしさ。

story Ⅳ おしゃれの話

01

夏のビーサン、冬のスニーカー

足元が海辺の家に越してきてから変わった。

夏はビーサン（ビーチサンダルの略）、冬はスリッポンかスニーカー、さらに極寒のときはムートンブーツ。

ヒールなどの革靴を履くことがなくなったせいか、ときどき履かなくてはならないときの足の苦しさといったらない。窮屈であることはもろちん、足が革を拒否しているのか、サイズが変わったわけではないのに、靴ずれができたり、まめができたりしてつらい。しまいには、革靴を履きたくないがために、着物の出番が多くなってきた。

わが家のある海辺の住人は、春先くらいからビーサンを履きだす。わたしもならって素足になる開放感にしばし浸るけれど、まだ寒くてまたブーツに戻る、を繰り返しながら、毎年ゴールデンウィークくらいには完全にビーサンに切り替わる。

今、気に入っているビーサンは、以前ハワイの朝市で買ったもので、替えがない。これが壊れたり、すり減ったらどうしようかと思っているところ。とにかくクッションがよいのだ。指のまたに吸いつくような感じもいい。またどこかで履き心地のよいビーサンとの出合いがあるかもしれないが、とりあえずは大事に大事に履いている。

冬は足元が冷えないように厚手の靴下を履くことが多いから、そのままずっと履けるビルケンシュトックのスリッポン、お出かけのときはスニーカー。冷えがきついときはムートンブーツが大活躍する。

ムートンブーツは冬の季節の一時期、海辺の住人のほとんどが履いているのではないかというくらい、みながこぞって履いている。とにかく楽で暖かいから手放せない。サーフィンをする友人は素足にブーツ、これもまた足先が気持ちよい。

こんな足元で過ごしているとますます革靴から遠のくばかりである。

スニーカーはやや厚底のタイプと、散歩するときに履くスポーティなタイプを履き替えている。最近はお出かけの際も革靴でなく、スニーカーを合わせて出かけることも多くなってきた。革靴は駅の階段やエスカレーターで滑りそうで、ときどきひやっとすることもある。運転はもちろん、電車での移動もスニーカーのほうが安心安全。

ところで、足元のことで思い出すことがある。三十数年前のわたしの結婚披露宴のこと。義理の母の友人たちがとても素敵なロングのワンピースやドレスを着てお祝いにいらしてくださったのだけれど、ドレスからちらりと見えた足元が、みんなスニーカーだった。

わざわざわたしの横にいらして、長いスカートの裾をちょっとめくって、「着飾ったのはいいけれど、足元はこれなの」と首をすくめながら履物を見せてくれた方もいた。見た目でも履き心地のよさそうなやわらかさが伝わってきた……。

当時、わたしは20代前半だったため、「これはなにごとか？」と思っていたけれど、今はこのコーデに納得。わたしもドレスを着る機会があったら、今ならそうするだろう。

02

スカートの丈は年とともに

ワンピースやスカートの丈はひざ下。ここ数年、ひざを出すのは水着を着るときくらいだったが、これはもうほとんどないといっていい。若い頃に、ココ・シャネルの『女のひざは最も醜い場所だから見せてはいけない』という言葉を読んで以来、妙に納得。とにかく顔同様に体全体がたるんできていることは確か。そのたるみが著しく見えるのがひざまわりなので、出さない。ここ最近の夏の猛暑のときでさえ、パンツの丈はひざ下になった。

Tシャツは普段着としてはもちろん、仕事着としてもほぼ毎日着ている。冬場も仕事のときは五分袖か、七分袖のものを選ぶ。本当はゆるんだひじも出したくないけれど、最近の猛暑には勝てず。襟ぐりは、やや詰まった感じのものを好んで着ている。ひじは触ることはあっても、毎日眺めることはしていなかったので、ある日、ひじがたまたま写った写真があって、引っくり返るほど驚いた。カサつきもひどかったが、二の腕のたるみがひじにすべてのっかっている状態。ひじをつまむとなかなか元に戻らないから、娘がおもしろがってわたしのひじを触る……。

以前、野田琺瑯の野田善子さんとお仕事をご一緒したとき、夏場にもかかわらずタートルを涼やかに着こなされていた。聞くと、善子さんは「もう首元を出せないから、一年中タートルなの」とおっしゃったのが印象に残っている。……その言葉がしみる年になった。

人に見られるのがいやというよりは自分の現実を受け入れたくない、直視するのが怖い、この期に及んでまだあがいている。潔く認めているのだけれど、まだもやもやは晴れない。若い頃には見られると緊張感が増して引き締まる説もあったが、この年には通用しない。人前で話したりする機会があるときには緊張感から顔つきがやや鋭くなると言われたことはあるけれど、たるみがなくなることはない。目に力が宿るとか、口元が引き締まって見えるとかで、その一瞬そのような雰囲気になるだけ。それでもそのような機会に恵まれていることには感謝しないとね。一瞬でもそう見ていただけたならうれしい限り。

着物も襟の合わせは深め。ショートカットということもあって、襟足はあまり出さないような着付けをしている。もちろん首まわりが気になるという理由もあるが、合わせがびしっと深めのほうが清潔感があるように思う。これは個人的な好みだけれどね。真っ白な襟をしっかりと見せた着付けが好き。

03

着心地のよい服

Aラインの服が好き。

楽ちんというのもあるし、小柄だからというのもある。食事に出かけたときにおなかが苦しくなく、ゆるめる必要がない。そしてウエストまわりがどんどんと膨らみつつあるのが一番の理由かな。最近は、お出かけ着はほとんどワンピースか着物。普段はジーンズにTシャツ、冬ならセーターでほぼ過ごす。

素材がいいもの、肌に合うものを選び、夏なら涼しく乾きのよい麻や、やわらかな織りの綿、冬はカシミヤ素材が好き。色は黒や紺、グレーが多い。ときどき柄ものや色のきれいなものに惹《ひ》かれるけれど、うちに持ち帰ると結局はしまったままになることが多い。だから、バッグやアクセサリーで色ものを取り入れるようにしている。

服を買う店はだいたい決まっていて、いろいろなショップを見ることなく、必要なときにはそこへ直行。40代前半まではアニエスベー、最近はストラスブルゴ、ジル サンダー ネイビーが気に入っている（残念なことに、ジル サンダー ネイビーは最近なぜか突然撤退してしまった）。

どちらの店もサイズ展開が私に合っていて、お直しが少なくてすむ。もちろんすべての洋服ではなく、本当に一部の限られたデザインだけだけれど、これはＯＫっていう一着に出合えるのは奇跡に近い。お店の方がわたしの好みを理解してくれているのも心強い。

仕事着のＴシャツは、セントジェームスと、45Ｒのもの。どちらも首まわりが詰まった印象で袖が長すぎない。毎年色柄は変わることはあれど、デザインは定番であることがうれしい。カジュアルなシャツやセーターは地元のサンシャインplusクラウドのもの。花屋さん、カフェが併設された緑豊かで風通しのよい店舗なので、目的がなくてもぶらりと出かけることも多い。夫もこのお店のファン。コーディネートができないから、店主が着ている一式そのままを買うという荒技をもつ。

服は好きだから今は娘の買い物に付き合うのが楽しい。娘はわたしより背が高いし、体格もいいから、サイズさえ合えばお直しがいらない。わたしは袖を詰め、裾を詰めと、お直しなしでは服を買えたことがほとんどないから、うらやましい限り。

04

バッグのスリム化

「はーぁー」

バッグを見るといつもため息が出る。正直いつもぐちゃぐちゃと散らかっている。その上キーケースや、眼鏡ケースを探すときにまたかき混ぜてさらに悪化する。

子どもが生まれてから荷物がぐっと多くなった。おもちゃやお菓子、ティッシュ類、タオル……それはもう必要なくなったのに、なぜかその名残か、余計なものを持ち歩いている。ないと不安になるから、いつも使わないけれど、いざっていうときのために入れ続けている。

なるべくポーチや財布などは色のついた目立つものを入れようと思ってはいるけれど、黒とか紺とかやっぱり好きな色が集まっちゃうのよね。唯一、仕事仲間の作品展で買った真っ赤なポーチはバッグの中で異彩を放ち、とにかく目立ってよい。ハワイの文字も気に入っている。今はお化粧品を入れるポーチとして持ち歩く。

携帯はリーバイスで買った白地の革に星のモチーフが付いた折りたたみ式のケースに入れていた。これがとっても目立ってどこへ置いても見つかり、よかったが、ある事情で今は裸。だから一日に何度も携帯を探している（ある事情については別のお話で）。

車の移動が多く、出先で仕事をすることも多いから、大きなかごに資料やパソコンを入れ、そこに手持ちのバッグを入れて、バッグinバッグ。さらにもうひとつ、財布と携帯しか入らない肩がけのポシェットを入れておくことも。車を降りてからどこへ行くかで、バッグを持ち替える。そして帰れば大きなかごと車から降ろして部屋に戻る。大移動なのである。

今はコロナ対策で、アルコールスプレーやウエットティッシュ、替えマスクなどと、さらにエコバッグも加わって、ますますバッグは膨らむばかり。

05

冠婚葬祭の服

お祝いのときは着物を着る。

季節ごとに着られる正式な着物はそろえたが、最近は子どもの一連の祝いごとも終わり、結婚式などもないので、この着物の出番がめっきり減ってしまって、ときどき出しては風を通してしまう、を繰り返している。そうこうするうちに、年齢的に難しくなってくる柄や色が増えた。娘の卒業式、成人式くらいまでは、今持ち合わせているものを帯や小物をうまく合わせて着たいな、と思う。着物のよいところはそこ。着物は若かりし頃のものでも帯を落ち着いた雰囲気にして、帯揚げや帯留めもシックにまとめればよい。逆に年相応の着物と帯でも、着ていく場所によっては明るい色を合わせて華やかにすることもできる。合わせ方でいく通りもの着方ができ、着物は娘と共有し、帯だけ違うものを締めることもできる。

それでもさすがにピンクやオレンジ、蝶々やバラ柄といったものは娘に譲る。娘はわたしより体が大きいので、幅や袖をできるだけ直して着てほしいと思っている。

お祝いごとは前々から予定が立つが、葬儀は急であるから、いつなんどきそういう知らせがきても慌てないよう、喪服はオールシーズン着られる七分袖のワンピースに、ボレロ風なジャケットがついたものを百貨店の喪服コーナーでそろえた。布製のハンドバッグと、3センチヒールのシンプルな靴を合わせて買った。アクセサリーは黒真珠、袱紗《ふくさ》、数珠《じゅず》、不祝儀袋用の薄墨のペンをクローゼットにまとめている。

以前は普段着ている黒いワンピースやパンツスーツで出かけていたが、参列者みなが真っ黒なので、黒の色がそれぞれ違うことに気づく。わたしの持ち合わせている黒色が薄いというか、軽すぎる黒という感じがしてしまって、漆黒の喪服がよいと判断した。

黒いストッキングは使い回しせず、毎回新しいものを履く。というのも黒いストッキングはほんの少しのほつれでも目立つ。みなが黒い足元だからしょうがない。自分が気になるのでそうする。靴磨きも忘れずに。

この年になるとご葬儀の知らせが多々あり、お見送りすることが続いている。

最後のお別れは身支度を整えてうかがわないと失礼にあたると考える。

06

わたしのショートヘア

30代までは、髪型も髪色もいろいろ変えるのが楽しかった。美容院へ行くのも好きだったから、毎回、美容師さんとあれこれと相談して、いちご色だったり、金髪に近い髪の色だったりしたときもある。

けれど、今の仕事を始めたときに、先輩編集者の方から「読者のみなさんに顔を覚えてもらうのも仕事です。髪型はいつも同じでいて」と言われて、考えを改めた。

確かに本を出すたびに奥付にある顔写真の様子が違っていた。料理のレシピが大事なのであって、わたしの顔など関係ないこと、と思っていたけれど気持ちが変わった。

それからは、ショートヘアは変わらず、冬はやや前髪や襟足が長め、夏場はベリーショートに。撮影のことを考えると、まめに3週間に一度は美容院に通っている。

ショートヘアはシャンプーも楽だし、ドライにかかる時間も短い。手ぐしでちゃちゃっと乾かせるから、面倒くさがりのわたしには向いている髪型。

髪質も天然のパーマがかかっているから、長さがないほうが髪質を生かせる。若い頃はさらさらのストレートヘアがうらやましくて、ストレートパーマをかけたりもしたけれど、今はこの髪質になじんでいるわたしがいる。

年を重ねるごとに、くるくるっとしていたくせっ毛も、だんだんと、くせもなくなってきたような気がする。髪のボリュームも抑えるのに必死だった時期はおしまい。今後はボリュームを出すのに必死になっていくに違いない。年齢によって髪質も変化している。

白髪も美容院へ行くたびに染めている。最近はグレーヘアが流行っていて、素敵だなとも思うけれど、もう少しのあいだは染めを続けるつもり。娘からOKが出たら、グレーヘアに挑戦してみてもいいかな。

そういえば40代半ばに、一度だけショートからロングヘアに挑戦したこともあった。顔のたるみが気になって、「髪を束ねていれば少しはたるみが引っぱられていいかも」なんて浅はかな考えから、必死に髪を伸ばしたけれどまったく変化がなく、すぐに切った。

以来、地道に頭皮をマッサージすることにする。

もがいてもがいて、行き着く先はまだ見えない。

07

手先のおしゃれ

仕事柄、手に指輪をしたり、マニキュアをしたりができないから、足元くらいはとペディキュアをし、足首にはビーズのアンクレットを巻いている。

海辺に住んでいることもあって素足でいることが多いから、足の爪に色がついていると晴れ晴れ。ヨガに行くときにも足先の色がちらっと目に入るだけで気分が上がる。

春先にシャネルのネイルカラーから〝今年の一色〟を選ぶ。塗ったら、しょっちゅうは塗り直さない。

チップした部分、爪が伸びた爪元に重ねて重ねて、もう重ならないくらい厚ぼったくなったらリセット。まめでないからそんなラフな塗り方を続けている。

手指が美しい人、爪の手入れが整っている人を見るとうらやましい。わたしは手が小さくて、もちろん指も短い。しかも太くて、子どもの頃から節がタプついていてシワが寄っている。小さいけれど分厚いので、華奢な手にどんなに憧れたことか。

そんな手だから、テレビに手先がアップで映し出されると、いつも写真を撮ってくれるカメラマンの方にはすぐにあっこれは飛田さんの手だとわかるくらい特徴的らしい。手のことをブツブツ言っていたら、おいしいものができる手だからいいじゃないですかと慰めてくれた人もいて救われる。

だからこれ以上シワやシミができないように、ハンドクリームを塗りたくり、出かけるときには日焼け止めを手にも塗る。爪はつねに短く切りそろえる。ささくれは一生懸命台所仕事をしている証拠と思うように。できるだけゴム手袋をして洗い物はするようにし、プライベートな時間はクリームを塗って、薄い布の手袋をはめて、その上にゴム手袋。熱めの湯で洗い物をし、手のパックと洗い物を同時進行する。

今習っている着付けの先生はもう70を過ぎているが、いつも元気で笑顔を絶やさない。手はいつも決まった桜色のネイルをほどこし、美しい。着付け師という仕事柄、手先は意識して手入れを欠かさないと聞いた。

08

お化粧はミニマムで

とにかく面倒くさがりだから、基礎化粧品はできれば少ないほうがいい。いろいろ買っても結局使わずじまいのことも多くて、最近は化粧水とクリームのみ。ときどき美容液をちょっとつけるくらい。あとはお風呂や洗顔のあとに余裕があるときにはシートパックを顔にのせる。朝はお弁当や朝食をつくっているあいだ、パックをしながら台所に立つこともある。メーカーはとくに決めておらず、なくなったら、そのときに雑誌やテレビで宣伝していたり、出かけた先で見かけたものだったり、友人からおすすめされたり、いただいたりしたものを使う。成分とか、ナチュラルなものとかも、あまり気にしてないから言われたままに。ただただ肌が乾燥しないようにしたいので、顔を洗ったらすぐにつける、を心がけている。

海辺に越してからは日差しが強いので、朝は顔を洗っていなくてもまずは日焼け止めを塗る。朝はバタバタと忙しいので、洗顔と基礎化粧の時間を後回しにすることもあり、そのときにもまずは日焼け止め。もう手遅れかもしれないけれど、日焼けすると乾燥がひどくなり、あとのケアが大変になるので、できる限りのことをする。慌ただしい時間が過ぎ、ほっとひと息つけるときに洗顔と基礎化粧を改めてする。

じつは、お化粧は仕事のときのみ。普段はほとんどしていない。近所への買い物のときにちょっと肌色がつく日焼け止めとリップを塗るくらいで、ノーメイク。

ただ、最近は眉毛が薄くなってきており、眉は描いておこうとは思っているけれど、まだ習慣にはなっていないから、娘によく注意される。思い出すのは母の眉。あるとき突然眉の毛並みがそろわず、いろんな方向へ毛が向いてしまって、眉ブラシをしてもどうにも収まらないと言い出した。確かに見ると、大半の毛が下を向いていて、あとは右へ左へ、上へと気ままに伸びていた。カットをしてもうまくいかず、わたしは母の眉を整えてあげることができなかった。

ああー、わたしもあのときの母に近づいている。

メイク道具は、シャネルのものを長く愛用している。シャネルが気に入っているのはパッケージが黒くてシンプルなデザインだから。毎年多少のリニューアルはあるけれど、ほとんどデザインが変わらないところがいい。

最近、娘もお化粧に興味を持って、休日出かけるときなどはずいぶんと時間をかけてお化粧を楽しんでいることもあり、ときどきJK使用のメイク道具を借りて試しているところ。これがなかなかよくできていて、発色がよかったり、のびがよかったりして感心する。

下地を塗ってファンデーションを塗り、眉とアイラインを引き、マスカラをつける。最後にチークをポンポンとのせて出来上がり。近頃、まぶたの張りもなくなっているからラインが引きにくくなってきてペンシルタイプからリキッドに替えた。

肌の調子でいうと、顔だけでなく、体全体が乾燥気味。とくに冬になると、かかと、ひじ、ひざがガサガサになり、粉がふいていることもある。

ヨガやストレッチのクラスに参加することがあるので、冬でも素足になることが多く、かかとの手入れは欠かさず続けている。

あるモデルさんのインタビュー記事で見たのだが、ベッドサイドにクリームを置いていて夜寝る前と、起きた直後にかかとにクリームを塗るという。こうしておくと塗り忘れがない。すぐに、わたしもまねする。ちょっとしたことだけれど、日々時間に追われていると、こういうささやかな小さな積み重ねが大事になってくると実感している。

09

シミとの共存

ときどき明るいところで、まじまじと自分の顔を鏡に映すとぞっとする。

以前、雑誌の撮影で、美容皮膚科でシミについて受診する企画があり、自分の顔のかくれジミや肝斑《かんぱん》が写し出された写真を見て、腰が抜けそうになった。なにしろ真っ黒なのである。

そんな現実を突きつけられた日から、シミを意識するようになった。シミによいというクリームなどを塗ってみたけれど、なくなりはしない。できにくくはなるようだけれど、もうすでに真っ黒にシミができているわたしには、あまり効果はなさそうだ。

同時に、シワが刻まれるのも早くなってきた。一番深いのはほうれい線。顔の骨格的に深くなりやすいようだ。料理番組のスタジオ収録などで、やや厚めにファンデーションを塗ろうものなら、帰り道にはほうれい線でファンデがひび割れているのである。

たるみも深刻で、ちょっと下を向いたときの顔写真は恐ろしい。顔つきまでもが変わってしまうのである。顔の皮が下へ下へと流れていて、現実を思い知らされる。

そんな話をママ友にしたら、頭のマッサージがけっこう効くらしいと聞き、シャンプー後のマッサージを始めてみたが、効果のほどはどうか。またしても手遅れかと思いつつ、進行を遅らせるくらいの気持ちで続けている。

努力もするが、もっと手っ取り早くなんとかしたいと皮膚科でシミ取りもしてみたが、そのときにはきれいにはなるけれど、これも繰り返し続けなくてならないことのよう。

初めて皮膚科を受診したときに「同窓会か、パーティのご予定があるんですか」と聞かれて驚いた。シミ取りをして2週間から3週間後がベストな状態になるようで、それに合わせて日程を組む人が多いらしい。

以前、娘の学校の運動会を見に行った際にキャップを深くかぶり、マスクとサングラスの完全防備のお母さんがいた。顔全体のシミ取り直後であったらしく、顔じゅうがかさぶたになっていたため隠していたらしいが、その格好のほうがひどく目立っていて、知り合いとすれ違うたびに「どうしたの?」と聞かれて、「シミ取り、シミ取り」と説明をしていた。施術直後は、シミを取ったあとがかさぶたのようになるため、それが自然に取れるまでは人目を避けたい気持ちになるのは確か。なにごともすんなり簡単に、とはいかない。

10

いつでも眼鏡

眼鏡は、もう体の一部のようなもの。

若い頃はコンタクトをつけていたが、目のトラブルに何度もなり、痛い思いをしてからは眼鏡のほうが楽になってきたのと、老眼が進んできてからは、コンタクトでは近くのものが見えにくくなり、車のナビがぼやけて見えたときにあきらめた。

眼鏡はかけていると煩わしいこともあるけれど、目には優しい。コンタクトをやめてからは目の疲れも減り、眼鏡を遠近両用にし、車の運転はこれでOK。本や新聞を読んだり、パソコンの作業をしたりするときには、老眼鏡をかけるまでには至らず、裸眼で対応できている。

眼鏡は、鎌倉のOPTIC GALLERY K（オプティック・ギャラリー・ケイ）さんで選んだもの。路地裏にひっそりと佇《たたず》むお店でありながら、凝ったデザインのものがそろっていて、見ているだけでも楽しくなるお店。あれこれ試しにかけさせてもらっては大笑いしながら、というのも本当におもしろい眼鏡がたくさんあって、「試すだけ」と言いながらかけてみては、鏡を見てふき出している（お店の方は真剣なのに、ふざけていてごめんなさい）。そのお店で、普段かける眼鏡、サングラスともに遠近両用レンズを入れてもらい、快適になった。

ただひとつ、眼鏡生活でたいへんなのは眼鏡の汚れ。「どうしてこんなに汚れるんだろう？」っていうほど、すぐに曇る。拭いたり、洗ったり、一日のうちに何度もレンズをこすらないといけないのが難点。

あとは体の一部になっているからか、お風呂で眼鏡をかけたまま頭や顔を洗ってしまう、眼鏡をかけたまま寝る、というのを繰り返しているからよく壊すこと。

ただただだらしないだけなんですけどね。


夫は早々にレーザー治療で視力を回復し、わたしにもすすめてくれたけれど、手術のときにメスが目に迫ってくる様子を聞いて尻込み。

今はもっと手術の方法も進んでいるかもしれないが、これから先もわたしは眼鏡でよい。

11

香りを取り入れる

家で料理の仕事の撮影をしているので、リビングキッチンには、香りを置く習慣はない。玄関を入ったら扉などの仕切りがなく、すぐにリビングへつながっていることもあって、玄関のドアを開けると台所で炊いている煮物や揚げ物の匂いが漂っているといった状態。おいしい匂いが、わが家の香りになっている。ただ、仕事がない日は、気分転換に玄関やトイレでお香をたいたり、夏は市販のミントのスプレーをまいたりすることもある。

別フロアのベッドルームやクローゼット、洗面所には優しい香りのものを置いている。ハーブの入った香り袋をつるしたり、香りの液体の入った瓶にスティックを挿して使うディフューザーなど、常備ではないし、決まったものもないけれど、お店にそんな香りのものがあると選んで買うのも楽しい。

身にまとう香りは、若いときから使っているシャネルの香水。ただし、いつもつけているわけではなく、これも気分転換にしゅっと首筋や手首につけるだけだ。

仕事柄、水仕事が多くて荒れやすいからハンドクリームは欠かせない。いつも香りのあるもの、ないものの2種類を携帯して使い分けし、ごはんを食べに行くときには必ず無臭のものを使っている。

香りの失敗談はいくつもあるけれど、ひとつ忘れられないことがある。

友人におむすびを届けたときに、「おいしいけれど石けんの匂いがする」と言われてしまったことだ。当時は石けんの香りのことなどあまり気にせずに料理をしていたから、このひと言はとてもありがたくって、それからは匂いのない、すぐにおむすびをにぎってもOKというタイプをキッチンには置くようになった。30年以上も前のほろ苦い思い出。

布巾の洗剤も香りがないものを探しているが、いまだ納得している洗剤に出合えていない。無香料やナチュラルなものでもまったくの無臭ではない。気にせずいつも使っている洗剤で布巾を洗っていたら、よく仕事をするスタイリストさんに、洗剤を替えてと言われてしまった。器に香りがうつりはしないが、作業していて洗剤の匂いが鼻につくというのである。確かに意識するとけっこうな匂いを放っていた。それからは布巾の洗剤は専用のものを用意はしているけれど、まだよいものがあるはずと、探しているところ。

娘の学校のブラウスや靴下などは柔軟剤をつける。最近まで柔軟剤はつけずにいたが、みんないい匂いがするからわたしもそうしたいとリクエストがあった。肌が弱いので、気にしてそういう類いのものは避けてきたけれど、お年頃に合わせる。

12

直して使う、古いものをいただく

最近、〝ダーニング〟という言葉をよく目にする。服にあいたほつれや穴をふさぐ手法で、色やデザインで素敵なワンポイントに生まれ変わる、というもの。

そのやり方や、こんなふうに直してみたっていう事例が載っている記事をくまなく読み込んでは、いいないいなと思ってはいるのだが、実際はというと自信がない……。

穴のあいたセーターや襟がすり切れるほど着ているお気に入りのシャツをどんどんとため込んではいるものの、まったくスタートが切れていない。いつの日かチャレンジしたい、まだ憧れにとどまっている。

と、この原稿を書いている最中に、娘の学校の白いソックスに穴発見。毎日のように学校の購買で買ってくるよう言っても、いっこうに買う様子がないので、やってみた！

うまくできたかどうかはわからないが、穴は完全にふさいだ。ちょっぴりもこもこしていてかわいい。と思っているのは自分だけ……。

娘からは「えーっ、なにこれ」って不評だったけれど、それでも新しい靴下を買ってこないのだから、案外気に入ってくれたのかもしれない。

着物の直し教室に通っている。若い頃に着ていたものを娘サイズに直すべく奮闘中。袖や幅出しができるものに限られるが、直す部分だけ、ほどいては縫い直すを繰り返す。

ほどく順番がいつまでたっても覚えられず、毎回先生を困らせているが、お付き合いいただく。ミシンで縫ってしまうところもあるけれど、ほとんどは運針。ひたすら針を進めるのみ。

着物を着ていると、どこからともなく、着物が集まる。おばあちゃんの着物を着てくれる人がいないからもらってほしい、生前贈与など、古い着物をいただく機会が多くなった。その着物ももしかしたら譲ってもらったり、さらに古いものだったりする可能性もあり、着物は本当に長く長く着てはつながっていくものだと実感する。

13

ストレスをためない

体が年々わかりやすくなっている。

たとえば原稿がたまってくると、肩がこってくる。体がつらいのではなく、精神的に詰まってくると肩や腰にくるようになった。そしてその案件が進んだり、終わったりするとすっと治るのである。

体が疲れたときには、とにかく寝ること。睡眠がとれないときはリビングにぱっとヨガマットを広げて、大の字に寝転ぶだけでも体が楽になっていく。体を解放することで、疲れをためないようにする。

夫と二人暮らしで、都内に住んでいるときには毎晩のようにマッサージに通っていたこともあった。いつでも行ける自由な時間があるから、くせになっているところもあったかもしれないし、疲れたときの解消法がまだわかっていなかった。

寝る時間を惜しむように遊んだり、仕事をしたりしていた頃が懐かしいが、もう元には戻れない。

徹夜なんぞしようものなら、3日は使いものにならなくなることがわかってからは、締め切りがあっても「ごめんなさい寝ます」と言ってベッドに入り、翌日早起きをして仕事をしたほうが体も楽だし、効率がいい。整体に通うこともなくなった。

数年前に、アメリカ人女子ふたりが1週間ほどわが家にホームステイし、一緒に生活したことがあった。初めてのことで世話を焼きすぎ、疲労がたまって、最終日に大きな〝ものもらい〟ができて、切るところまでになったことがあった。あとが大変なことになり、リカバリーができないことを痛感した。

風邪をひいたり、おなかを壊すことはそうそうない。

風邪をひきそうな予感がしたら、

・すぐに寝る。

・胸と背中に使い切りカイロを、体をはさむようにして貼る。

・足湯に浸かって体を温める。
・足元は何重か靴下を履く。

というようなことをすると、翌日にはすっきり。寝込むことはなくなった。

毎年悩まされているのは花粉症くらい。くしゃみと鼻水が止まらないくらいにひどくなったら薬を飲むようにしているが、ずっと続くことはなく、ずいぶんと楽にはなってきた。30代の頃が一番ひどくて、顔が腫《は》れ上がったりしていたけれど、なんとかうまく付き合うことを覚えたようだ。

週に2、3度ヨガやバレエストレッチに通って、汗を流し、体が軽くなるとストレスもたまらない体になる気がする。

そしてひとりの時間を楽しむこと。読書をしたり、ドライブしたり、旅に出かけてリフレッシュしたりすると、疲れから解放されるよう。もう娘も大きくなって、ひとり時間がずいぶんと増えたが、小さかった頃は自分だけの時間がまったくなかったから、早起きして10分でも15分でも、ひとり時間をもつようにしたら、気が楽になったことを思い出す。

とくにわたしは家が仕事場で、仕事の内容も生活の一部であるため、プライベートと仕事の区別がつかず、気持ちの切り替えもできないから、頭の中を空にする時間を大事にしている。庭の草むしりなどの土いじりや鍋磨き、アイロンがけや拭き掃除など、無心にできる作業もまた気持ちを入れ替える時間になっている。

無心の作業といえば、産後のリボン巻き巻きハンガーづくりが忘れられない。赤ちゃんにずっとつきっきりで、ひとりの時間はもちろん日々の買い物もままならないとき、不安だったり、疲れがたまったりしていたのか、体の芯がざわざわしてどうにも落ち着かないときがあった。そのときに思いついたのが、子どものハンガーづくり。クリーニング店でもらうハンガーを伸ばしたり縮めたりして子どもの体の形に整え、そこにお祝いの品物にかけられていたリボンをぐるぐると巻きつける作業。

赤ちゃんが寝ている短い時間でも一瞬無心になることで、ざわつきが解消した。特別なことをしなくても身近なところで、解決できることがあると知った。

無心でできる家事が、わたしにとってはストレス解消法のひとつであることがわかったのはここ10年くらいのこと。

KAZUO

『豚肉とねぎときくらげの生姜鍋』

recipe column

鍋にだし汁と塩、魚醤を入れて
火にかけ、薄切りにしたねぎ、
細切りのきくらげ、生姜を入れ、
煮立ったら豚バラ肉を入れて
火がとおったらいただく。
生姜が具材として
威力を発揮する鍋。鍋の汁は
ごはんにかけるのはもちろん、
麺のつゆにしてもよく、
飲み干したいおいしさ。
魚醤は『鵠沼魚醤』を使っている。
わが家は一年中鍋をいただく。

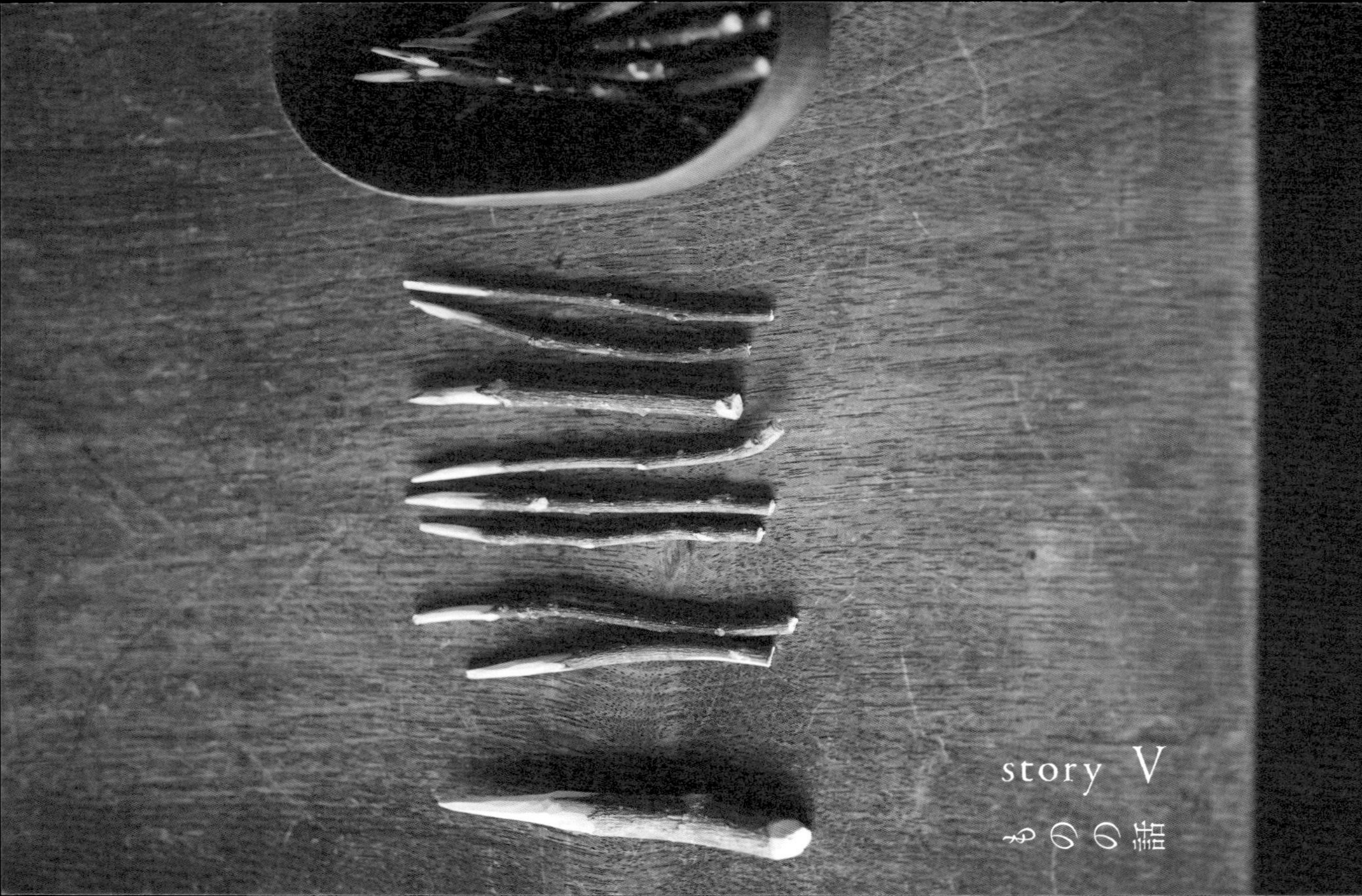

story V
ものの話

01

土鍋と炊飯器とのいい関係

土鍋でごはんを炊くきっかけをつくってくれたのは、松本にある『陶片木』という器屋さんのご主人。

今まで見たことのない形の土鍋がお店の一番目立つところに置いてあり、それを眺めていたら、「それで炊いたごはんは止まらないおいしさなんですよ」と。

その言葉を聞いて、土鍋を抱えて家に飛んで帰り、すぐにごはんを炊いて食べた日のことは忘れられない。

この土鍋には裏まで釉薬《ゆうやく》がかかっているので、土鍋の使いはじめにするおもゆを炊くなどの準備が必要なく、すぐに炊けるのもせっかちなわたしには合っていた。

炊き上がってふたを開けたときの感動もまたはっきりと覚えている。つやつやの真っ白なごはん。温かく優しい湯気、ごはんの香りに包まれた。

それからは使っていた炊飯器とお別れをして土鍋で毎日ごはんを炊いた。炊飯器よりも早く炊けるのもわたし向き。その当時は夫婦ふたりの生活だったから、タイマーの必要性があまりなかったのも土鍋にした理由。さらに、炊飯器が置いてあったスペースが空いたのもうれしかったな。

料理の仕事が増えてからも料理の撮影の合間に土鍋でごはんを炊いて、スタッフみんなで食べた。一日に何度も炊くことが多くなり、土鍋の数も増えたが、洗ってはベランダで乾かして使っていたので、棚にしまうこともなかった。

それが、2、3年くらい前に炊飯器を購入。ちょっと高価だったけれど、思い切って買った。というのも、この何年か前に、ある編集者の方が小さくて、とてもシンプルな炊飯器をプレゼントしてくれた。わたしが料理の合間に土鍋でごはんを炊いているのを見て、「料理に専念するためにも炊飯器があったほうがよいのでは」ということだった。

さらにあとから理由を聞くと、「ごはんを早く炊いてほしかった」とも言われて……。確かに料理の撮影は朝からずっとコンロの上に鍋やフライパンが並んでいて、なかなかコンロが空かないこともしばしば。そうなるとみんなのごはんが炊けるのが遅くなるわけだ。みなさんが、おなかをすかせていたのに気がつかず申しわけなかったな。

ところで、最近の炊飯器は機能性抜群。土鍋同様においしく炊けることがわかったけれど、わが家では保温機能は使わず、炊けたらすぐにおひつに入れ替えるのが必須。少しでもそのままにしておくと、せっかくのつやも香りもなくなってしまうので、そうしている。

タイマーが付いているのは、お弁当づくりをしている者にとってはとても助かることはいうまでもない。起きたと同時くらいに炊けるようにセットしておけば、すぐに冷ましてお弁当箱に詰められるのがよいところ。お弁当づくりの中で一番時間がかかる部分は冷ますことでもある。まず、ごはんを冷ますことができれば時短になる。

そんなわけで、わが家には炊飯器とごはん用の土鍋があり、それぞれのよいところを十分に発揮してもらえるよう、どちらで炊くかを日々選択している。

02

器も料理の一部

料理に器は欠かせない。器次第で料理の見栄えが変わる。

『インスタ映え』って言葉があるけれど、器映えでどんなに助けられてきたことか。

仕事柄、スタイリストさんに料理に合う器を選んでいただくと、まぁ映える映える。自分の料理にうおぉーっとうなる。だから、器選びは大事なのだ。


器が好きになったのは、東京に住んでいるときに近所にあった和食器のお店に通うようになったのがきっかけ。女店主があれこれと使い方、買い方を教えてくれた。

ひとつ買ってはその器に盛りつけたい料理をつくった。人が集まるときには器を選んでから料理を決めて、おおいに器から刺激をもらった。

好きな作家さんの個展に出かけたり、旅先でも器を探したりして、器から世界が広がった気がする。

今もプロのような器選びはできていないけれど、料理を日々楽しくしてくれている。献立に悩んだ日、食器棚を眺めて、「あっこの皿で食べたいっ」と選ぶと献立が決まったり、ときどき食器棚を片付けると使わなくなっていた器が出てきて、「またこの器であの料理食べたいっ」と思ったりする。

そんなふうに器と付き合っている。

03

保存容器は琺瑯が便利

『常備菜』というタイトルの書籍を一冊出し、たくさんの読者の方に読んでいただいた。本のためにつくったレシピではなく、日々わが家で食べているものばかり集めたものだ。

そして、それらを冷蔵庫に入れておくのに、琺瑯《ほうろう》容器が欠かせない。プラスチックでもガラスでもビニール袋でもよいのに、なぜ琺瑯なのか。その理由は格段にもちがよいということ。匂いや色がうつらないこと。

密閉性がよいことなどもあるかもしれないが、しらすやたらこなど、買ってきたものを買ったままの容器に入れておくよりも、入れ替えたほうがもちがいい。なるべく琺瑯に入れるようにしている。

最近は琺瑯も真っ白な見た目の美しい容器が各メーカーから出ており、残りおかずもそこに入っているだけで蘇るような気がする。形は四角いほうが、隙間なく冷蔵庫に入れられるのでよいのだけれど、円柱型や、取っ手の付いたものなどは見た目がかわいいので、それもよし。

なにしろパンパンに詰まったわが家の冷蔵庫。効率よく詰めないと収まらない。

琺瑯は電子レンジにはかけられないので、レンチンが好きな夫や娘にはよくよく注意している。レンチンできる容器に入れ替えて温めてもらうか、留守番のときのおかずなどは夫や娘が使いやすいよう、耐熱ガラスやプラスチックの別容器に入れておくようにしている。

琺瑯はそのまま火にかけられるから、残っていた汁物の温め直しなどにとてもよい。おかずも火にかけて温めてもよいが、焦がさないようにするために、ちょっとだけ注意が必要なので、台所に慣れていない人はおすすめできない。せいろにぽんっと入れて温めれば失敗はなし。

琺瑯は温度変化に強いが、落としたりするとガラス質の表面がはがれて、下地の鉄質がむき出しとなる。こうなるとおかずは入れられないが、もったいないので引き出しの仕切りにしたり、乾いたものを入れたりする容器として使っている。

04

真っ黒に油焼けした揚げ鍋

うちには揚げ鍋専用の小さなル・クルーゼがある。

揚げ物好きだから、ほぼ毎日使っており、揚げかすを取っては、そのまま油を鍋に入れっぱなしのことも多い。すぐに使わないときには油専用のざるにペーパーをのせて、丁寧にこし、油はふた付きの容器や瓶に入れて保存。炒め物やドレッシングをつくるときにも揚げ油を使い、また揚げ物をするときには鍋に入れ直す。一、二度使った揚げ油は香ばしさが加わり、こっくりとした味わいをつけてくれるから、普段の油として使ってしまえば、保存の心配や保存期間などを気にせずによい。

そんなふうに毎日使う鍋で、いつものように揚げ物をしていたある日。ちょっと目を離したら、火柱が立っていた。ふたをして厚手の乾いたタオルをかけてベランダに放り出し、植木鉢の土をかぶせて鎮火させた。

冷めた頃に掘り返してみると、真っ赤だった鍋は真っ黒に焼け焦げていて、これはもう使えないと一瞬あきらめる。けれどよく見ると、鍋の中は多少焦げてはいたものの手入れすれば元のように戻りそうと、重曹やスポンジの力を借りて掃除する。すると、あの火柱からは想像もできないほどきれいになった。

外側の真っ黒はそのままだけど、まったく問題なく使えるので、その後も使い続けている。ある日、ル・クルーゼの会社の方がその真っ黒な鍋をどこかのページで目にされたらしく、新しい鍋を届けてくださったのだが、なぜかわたしはその真っ黒な鍋に愛着があって、ついついその古い鍋を手に取ってしまうのである。

揚げ鍋は専用のものがあるとよい。フライパンで揚げ物をするというレシピもあるけれど、わたしはあまりおすすめしない。どっしりと重く安定がよいこと、高さがあることで、油少なめで揚げられること、油の飛び散りが少ないことが大きな理由。

使っている鍋は小ぶりなので、手入れが楽というのもあるし、揚げ物専用なら黒光りした油焼けも気にならないのは、わたしだけかな。

05

塩を入れたつぼ

台所にはできる限り道具を出しっぱなしにしない。

コンロの周りは油が飛ぶのでとくに気をつけてはいるが、塩つぼとへらと菜箸が挿さったスタンドだけは外に出してある。このふたつは使わないときがほとんどないので、そうしている。

塩つぼは、母が陶芸を習っているときにつくってくれた作品。手がすぽっと入るくらいの口の広さで、塩一袋が入る容量がいい。旨味のある海水塩と、やや安価な粗塩のふたつのつぼを置いている。

海水塩は主に味つけに。粗塩は野菜の塩もみや塩ゆでしたりするときに使う。

塩つぼに入れるようになったのは塩を手でつかんだり、つまんだりすることが多いから。大さじ小さじだけでなく、手でつかんで塩をふるときにはこの形がとても使いやすい。

ただ、出しっぱなしにしているせいか、梅雨の時季はもともとしっとりしている塩がさらに湿気を帯びる。ときどきフライパンで炒ったりもするが、なかなか追いつかない。

湿り気を帯びた塩は指先などにまとわりつき、鍋中に全量入らず、ややもったいないときもあるが、今のところ解決策がなく、そのままに。

また、塩つぼのふたは、調理中は引っくり返して皿として使い、菜箸やおたま置きにしている。これがなかなか使い勝手がよくて重宝している。

この塩つぼを何人か仕事仲間にプレゼントした。母の塩つぼを使ってみたいと言ってくれ、母も頼まれると張り切ってつくったのだが、やはり素人ゆえ同じようにできない。届いたつぼは一番よいところであるはずの、口が狭く、手が入らない。大きさもなぜか大小あってちょうどよいのがない……。何度もつくり直しをして、やっといい塩梅なのが出来上がったのは半年後。土ひねりや、成形の練習にはなったようである。

06

いろいろ布巾

布巾は台所仕事でなくてはならない裏方道具のひとつ。

撮影時はたくさんの道具と器を洗っては拭く、拭く、拭く。何枚もびしょびしょになるほど拭いては、かごに放り込んでおき、仕事後にまとめて洗濯機で洗う。

手洗いしたり、鍋で殺菌したりしたこともあったが、今は洗濯機で洗って干すだけ。色が変わったり、多少傷むこともあるけれど、それはしょうがない。天日干しで殺菌するのみ。

家族の食事づくりだけなら、そんなに枚数はいらないものだが、ただ拭くだけに限らず使う。野菜を包んで水切りしたり、アウトドアでの調理のときは布巾に包んで道具を移動したりしている。若い頃、山登りをしていたときには布巾に食材を包んで、布巾をまな板代わりにしてカットし、残ったものはそのまま布巾で包んで帰るということもしていた。

一枚開けば、何通りにも使える布巾。

大判のものは風呂敷のようにも使えるから、大判のものを見つけたときには必ず買う。なかなか出合えないから、見つけたときには小躍りする。

傷んだものは小さくカットして雑巾や油取りに使ってお役御免。

素材は麻、綿、麻と綿の混紡。麻は水気をよく吸ってくれて乾きもよい。耐久性もあるが、塗り物などは傷がつくこともあるとスタイリストさんに聞いたので、大事にしているものは綿のやわらかな布巾で拭くようにはしている。でもそんなに高い器を持っているわけでもないので、神経質にはしていない。気がついたら「そうそう綿で拭くんだよね」っていうくらい。

色や柄はその年、その年で決めている。1年周期くらいで入れ替えてはいるけれど、くたくた、穴あきになってもなかなか切り刻むことができないでいるものもある。なんだろうね、すっと手になじむからかな。幼子がなじんだ毛布やタオルケットを手放せない、あの感じなのかな。わたしはなかったけれど、弟がずっとぼろぼろになったタオルケットを引きずっていたので、その感覚が蘇る。

ある年は布巾をすべて真っ白にしたことがあった。やっぱり白は清潔感があっていいな、なんて思ったわけだが、洗濯機で洗うからか、すぐにどんより薄汚れたような色になり、それを漂白するのが手間になり、と翌年は真っ赤な布巾を買う。極端な布巾選びを毎年繰り返している。

08

バーベキューセットはアメリカンで

海辺の家で、バーベキューなんていいですね、とよく言われるが、じつは夏のあいだバーベキューを楽しめる日はほんのわずか。夏の昼間の日差しは強すぎて、炭をおこす気にはならない。夕方、太陽が傾きかけてきたら炭の準備に入るが、夕方になると、なぜだか風が出てくる。いざ炭火がいい具合に落ち着いた頃にはベランダの風当たりはかなり強くなり、バーベキューどころではなくなる。

結局、外はあきらめ、キッチンのガス台やオーブンで調理することに。とうとう炭火担当の夫は怒りだし、手間のかからないガスタイプのバーベキューセットを買ってきてしまった。炭火をあきらめたのである。最初は炭焼きが捨てがたかったが、準備がいらず、後片付けも楽ちん。なにより風のせいで中止となっても、気持ちが楽になった。

炭火にこだわりたいときには魚用の七輪を出せばいいこと。夫婦そろって、ややせっかちな性格もあって、炭おこしの時間を楽しむことなく、意外にあっさりとあきらめた。

バーベキューの季節は、ゴールデンウィーク頃と梅雨明けあたりがベストだと、海辺暮らしが長くなってようやく気がつく。

バーベキューシーズンといわれる真夏は暑さにコンロの熱が加わるうえに、虫も寄ってくるので、なんだか落ち着かない。料理の内容も大切だけれど、その空間の気持ちよさがバーベキューの醍醐味。友人がここへ来ると心が晴れるんだよねと言ってくれたことがある。わたしもしみじみそう感じる。海や浜には仕切りがなく、自然が広がるばかり。そこで1回、2回と深呼吸をすれば、不思議と体が清められる気がする。そんな体で食べれば、なんだっておいしいに決まってる。だからというわけではないが、バーベキュー料理はかなりシンプル。ただ肉をジュージューと焼いて、レタスやキャベツの葉でくるんでガシガシと食べ、タレを何種類かつくって、味替えしながら食べる。

肉の合間には、生野菜をボリボリとかじる。朝一番で野菜の直売所で買ったもぎたてきゅうりやトマトを切らずにそのまま、氷と一緒に大皿に盛りつける。味はみそや塩。みずみずしい旬の野菜はなにもしなくてもごちそうになる。それに丸ごと食べるって外ごはんならでは。多少トマトの汁がこぼれたって、へっちゃら。手づかみで食べるのもおいしさにつながる。

09

父の手仕事

わたしの父はとても手先が器用で、家の不具合があると、すぐに直す。家電もこつこつ直すものだから、もちがよい。

リタイヤしてからは陶芸に熱心で、作品づくりを続けている。そんな父の手先の器用さをぜひ生かしてほしいと金継ぎやら、楊枝づくりを頼んでいる。

友人が母親のボケ防止に靴下を編むようにすすめているから、ぜひもらってとかわいい毛糸の靴下をくれた。ある人からは素敵な木のピックをいただき、林業に携わる人が冬のあいだ仕事がなく、こつこつと木を削ってつくっているそうですよと教えてくれた。

両親は長野のなかでも雪深い地域で暮らしている。冬のあいだは積雪が多く、畑仕事もないから、ほぼ一日、父は母とふたりでコタツに入ってうたた寝しているらしい。そんな話を聞いていたので、父や母にもなにか提案してみようとなった。

父に実家の庭にある大木になってしまった山椒の木で、楊枝づくりをお願いすると、1週間もたないうちに封筒に入ったピックが届く。初回はこれってどう刺せばいいのっていうユニークな形の、枝の形そのままを削った作品もあったが、最近はかなり優等生な感じ。

だから、またおもしろいのを待っているねってLINEしてみよう。ただし、無理強いはしないようにしないとね。

義理の母は編み物が得意で、娘のベストや帽子を編んでくれていたので、あるときリクエストすると、もうやる気になれないときっぱり断られてしまった。

年齢を重ねるごとにいろいろ体や心に変化があることは自分自身でも理解できるようになったので、見守りながら、手仕事を一緒に見つけていこうと思う。

10

切手の楽しみと手紙

切手が好き。小さい頃は母が記念切手の収集をしていたので、発売日によく郵便局に並んだ。そしてその美しい切手シートをうっとりと眺めていた。

それがおとなになっても続いていて、収集まではいかないけれど、切手をまめに買っている。最近は花や景色、果物や野菜の絵柄のものを買っては、相手の顔を思い浮かべながら、季節感のある絵柄を選ぶ。そして宛先をどう書いて、どこに切手を貼るのか考えるのもささやかな楽しみ。

と、こんな話をすると、「わたしも」と言う人が身近にふたりいて、子どものように切手交換などをしている。かわいい小箱入りで切手をくださったときはその箱ごと宝物になった。これっていつのもの？ っていう懐しい値段の切手もあり、ずっと大事にしてきたことがうかがえるものばかり。友人のお母様と、その話で盛り上がったときには旅先でいつも買うのよと聞き、それからは地方へ出かけたときには郵便局に寄って地元の切手を買い、旅気分を切手でお裾分け。ひとりで盛り上がっているだけですけどね。これも日々の小さな喜びなのである。

以前は筆まめであった。それももう遠い話になってしまった。はがきや便箋、封筒を文房具店や旅先などで見つけると、こまめに買い、その時季に合ったはがきや便箋にお礼状や、季節のあいさつを書いて送っていた。今もその名残の束がずいぶんとある。

携帯のせいではない。とくに年末年始のあいさつをパタリと急に書かなくなった。出す相手が増えて追いつかなくなったこともあるし、ぎりぎりまで仕事をし、年末年始が慌ただしくなってしまったのもある。筆をとる体力が残っていなくて、失礼してしまったら、次の年もまた次の年もそのままになっていった。まぁ、しょうがないかくらいに思っていたら、ある先輩にお叱りを受けた。

「突然、便りがなくなるというのはとても相手に失礼ですよ。年賀状だけのやりとりをしている方ならなおさら相手はどうしているかと気をもんでいるはず。もしもう書かないと決めたのなら、その事情を記してそれでおしまいにするのが礼儀ではありませんか」と。

確かに言われてみるとたいへん失礼してしまったのである。今でこそ終活などの理由で「今年で最後になります」と年賀状を送りましょうとすすめる記事などを見かけるが、当時はそのような例がなくて、わたしはまったく思いつかず、ただただ自分勝手にやめてしまった。

それからは年賀状ではなく、寒中見舞いや、娘の成長の節目の七五三や入学、卒業などのときに報告も兼ねてはがきを送るようになった。

わたしは苦言を呈してくださる方に恵まれているのである。

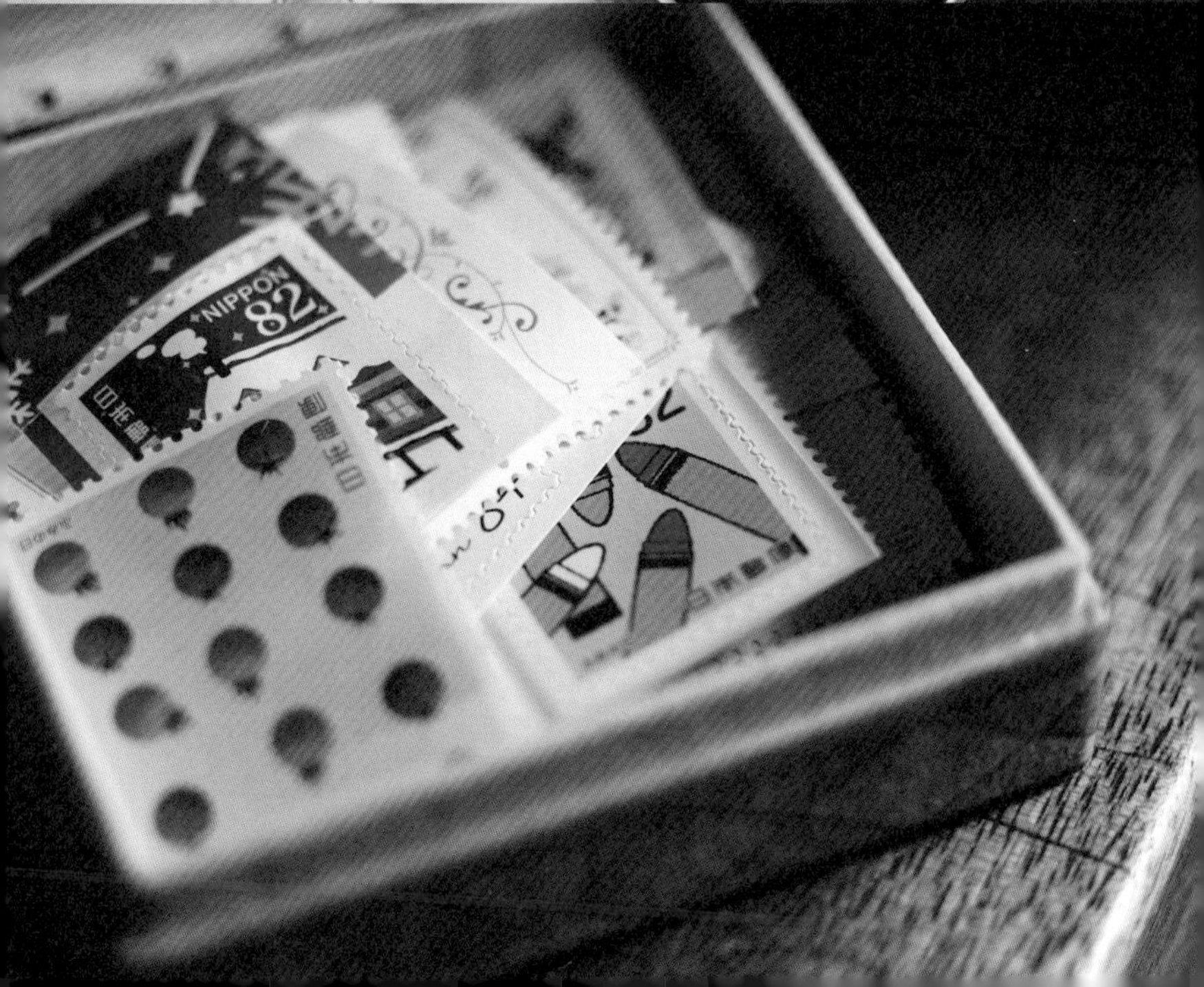
NIPPON
82

11

テレビではない楽しみ方

わが家でテレビを見るのは夫だけ。わたしはニュースを見るくらい。ドラマは好きだけれど、毎週続けて見ることにやや疲れ気味。毎朝見ていた朝ドラも一度途切れるとなかなか復帰できずいる。

娘は携帯さえあればまったく問題なく、テレビを見るより携帯やパソコンでYouTubeを見ているほうが楽しいらしい。

それが理由ではないけれど、うちには画面の大きなテレビがない。リビングに21インチの壁掛けタイプのテレビと、寝室に同じくらいのテレビがあるだけ。

この前のラグビーのW杯は熱心に画面にかじりついて見たけれどやや迫力に欠けていた。

周りではNetflixやAmazonプライムで映画やドラマを楽しんでいるという声も多く、わたしもやっと子育てが落ち着きつつあるので映画観賞を再開すべく、プロジェクターを買ってみた。

これがものすごくいい。大がかりなものではなく、かなりコンパクトなものが出回っていて、値段も手頃。スクリーンを用意しなくても壁に映すことができるのもいい。買ってみたのは片手で持てるくらいの大きさの円柱型のもので、持ち運びができるから、リビングで見たり、寝室で見たり、場所を変えて見られるのも気に入っている。新型コロナの自粛中は家族でドラマや映画を見て過ごした。

そして韓国ドラマにハマった。恋愛ものを見ると、娘が大興奮している様子もまたおもしろくって仕方がない。

recipe column

生しらすを天ぷら衣でまとめて
揚げ油にスプーンで落とし、
きつね色になるまで揚げる。
お好みで塩をつけても。
生で食べるのとは
また違った旨味がある。

story VI
日々の話

01

季節の移り変わり

都会を離れて海が見える暮らしを始めて15年目。

少しずつだが、もうすぐ春だな、もうすぐ秋だなと季節の変わり目がわかるようになった。それは、景色はもちろんのこと、風や匂いでもわかるように。

一番わかりやすく季節の変わり目を感じるのは鳥や虫の出現。

年明けから鳥のさえずりが激しくなり、梅が咲く頃にはうぐいすがきれいな声を聞かせてくれる。春の終わりには、かわいいツバメのひなに出会える。初夏には必ずクマンバチがやってくる。ベランダのある一定の場所の見張りをしているようで、ブンブンと飛んでいる。毎年同じハチではないのだろうが、ハチが現れると「今年も会えたね」って夏を感じるように。

暑さが厳しくなる前にはなぜかとんぼがやってくる。とんぼは秋のイメージだけれど、うちでは夏本番前。次に蝉が鳴きだすといった具合。虫の声にも変化があるから、だんだん聞き分けられるようになってきた。

越してきて初めての梅雨に、近所に住む知り合いのスタイリストさんに言われたことがある。

「突然かびが生える日があるんですよ、かごやざるに気をつけてくださいね」と。

本当にその日がやってきたからびっくり。大事にしているかごが真っ青になっていたのである。これがわが家の梅雨の始まりの合図。今はもうその対処もわかっているので、かびが生えることはそうそうないが、うっかりすると革ジャンにかびなんてこともあって、気が抜けない。

かびと同じく羽ありの日というのもあって、そのときは車のライトにありが集まる。

また、家から毎日眺める海や空は、ひとつとして同じ日がない。晴れの確率が高く、風が強い日が案外多いということも住んでから知ったこと。

真っ青な海と空もいいけれど、大好きなのは美しい夕日。その都度心が震えるくらい感動する。線香花火がポトリと落ちるときのように、太陽がすうっと山に吸い込まれるように沈むと、山のうねりがはっきりと浮かび上がって、また違う景色となる。あまりの美しさに写真を撮ってみるが、残念ながらプロのようにはいかない。目に映るほうがずっとずっときれいで、迫ってくるような迫力がある。

月の光も神々しくて手を合わせたくなるくらい。海に月光の道が映って真っすぐ自分に向かっているように見えたときには、独り占めがもったいなくて家族を無理やり起こして眺めたこともある。そんな自然のささやかなことが愛しくなってくる。

この原稿を書き終わってから数日たったある日の新聞。『虫や鳥……季節の観測やめます』の見出しに吸い寄せられた。気象庁は季節の進み具合や気候の変化を見るために虫や鳥の「初鳴き日」を観測してきたが、都市化や温暖化で生態環境が変化して気象台周辺で見つけることが難しくなり、半世紀を超える季節観測の歴史に幕を下ろすという。うちで観測したらいいのにと思いながら記事を読んだ。

story Ⅵ 日々の話

02

そそっかしい事件簿

とにかくそそっかしくて、あわてんぼ。いいかげんなところ多々あり。

写真にはプロのカメラマンの魔法がかけられて、すました笑顔で写っているけれど、足元はいつも小走りなのである。ばかな話は書ききれないほどあるが、ここでは自分への戒めでもある本当に心の底から震え上がった事件を記すことにする。

近所にコインランドリーが数軒できて、新しもの好きなわたしはいそいそとランドリー通いを始めた。というのも、洗うのは自宅の洗濯機で間に合うが、電気乾燥機でのドライでは到底間に合わず、1日かかる。天日で干すと日差しが強すぎてカサカサになり、近年は花粉の時期が長いこともあって、なかなか外で洗濯物を気持ちよく干すことができないという理由で、ガス乾燥機のあるコインランドリーにお世話になっていた。

ある日、かごいっぱいのバスタオルをランドリーの乾燥機に放り込み、乾燥させているあいだに駅まで娘を迎えに行く。

駅到着の知らせをしようと携帯を探すが、ないないない……見つからない。まさかと悪い予感がして、すぐに引き返すとガランガランと乾燥機からいやな音が聞こえる。強引に扉を開け、音の正体をつまみ上げると、案の定チンチンに熱くなった携帯だった。無我夢中でカバーをはぎ取り、車のエアコンの吹き出し口から出る冷風に当てる。

この日に限って改札からすぐに出てきた娘が付き添ってくれたのが、どんなに心強かったか。娘に言わせると携帯の画面がややぷっくりと膨れていたという。気がつくのが遅かったら、ランドリーがどうなっていたかと思うと震えが止まらない。火事、爆発……の文字が頭の中をぐるぐる巡って、ランドリーまでの10分ほどの運転は記憶にない。手に携帯を持ったままかごを抱えて、乾燥機に入れる際に携帯まで放り込んでしまったのであった。大失態……。

そののち乾燥機に不具合はなく、タオルはふかふかに乾燥した。携帯はというと、カバーが厚手の革製で二つ折りの手帳型のタイプだったからか、直に熱を受けずに守られたおかげで無事復活。多少の画面のひび割れには目をつぶる。そのカバーも、何度となく落として液晶画面を割ったりしていたので、頑丈なカバーを選んでいたのが幸いだった。カバーが身代わりになって、助けてくれた。ありがたい。

03

黒猫クロの思い出

長らく一緒に暮らした黒猫のクロが亡くなった。

迷い猫だったので、正確な年はわからないが、わたしと暮らして20年はたっていたから相当な長生きで大往生であったと思う。最後は死に場所を求めて家から何度も脱走したけれど、遠くに行くこともできず、結局連れ戻され、娘に看取られて旅立った。力尽きていただろうに、動物は自分の始末をするために最後の力を振り絞る。クロが身をもって教えてくれた。

クロとの出会いは東京でマンション暮らしをしていたとき。1階だったために、ベランダにひょっこり現れた。といってもわたしの前に現れたのではなく、長期出張で不在だったわたしの代わりにベランダの植木の世話にきていた妹の足元にすり寄ってきたという。

頼まれていない猫の世話までしていた猫好きの妹により、わたしが帰ってきたときにも黒猫はベランダで待っていた。肋骨《ろっこつ》がくっきりと浮き出るほどがりがりにやせていて、ごはんをせがんだ。

猫好きではあったけれど、マンションは動物を飼うことは禁止されていたので、さぁ困った。ほうぼう飼い主を探したが、子猫でないから飼ってくれる人が見つからない。すっかりとやせこけてぐったりとしている猫を放り出すのも忍びなくて、面倒を見ることにした。

毎日10缶の缶詰と、2カップほどのドライフードを食べた。それほどおなかがすいていたらしい。満足すると爆睡。そしてごはん。起きている時間はごはんを食べているときだけだった。トイレも用意したものですんなりと用を足し、テーブルや台所に乗ることなく、しつけられていた。2週間ほど爆食と爆睡を繰り返したのち、ようやく普通のごはんの量に落ち着き、家中を散策し、気持ちのよい場所を寝床に選び、わが家の猫になった。雄の黒猫だからストレートにクロと名付ける。

当時は子どもがいなかったので、犬派と豪語していた夫もわが子のようにかわいがる。お風呂に入っていれば、ドアを開けてとニャーと小さく鳴き、開けてやるとお風呂のふちにひょいと飛び乗って湯船の湯をペロペロとおいしそうに飲む。猫って熱いもの苦手なはずじゃなかったっけ。クロは猫舌ではないようだった。

そうこうするうちに、娘が生まれ、引っ越しをする。娘が生まれたとき、娘につきっきりになったわたしをクロが叱った。押し入れから出てこなくなり、さわろうとするとにらみつけて体を硬くし、こわばった。完全に怒っている。俺の世話はどうなっているんだって訴えていた。

その日は娘を母にまかせて、クロとべったり過ごし、猫バカだがとても気持ちが通じ合ったと思っている。人見知りをせず、仕事のスタッフが玄関に到着すると、すっと出ていき、みんなの足元をすりすり。ごあいさつが終わると定位置の押し入れに入って、仕事が終わるまでそこで寝て、仕事が終わると同時にドスンと布団から飛び降りて、またみんなの足元にすりすり、玄関までお見送りをする。

撮影にもときどき協力。猫のトイレのタイアップ記事や書籍の表紙にもなったことがある。カメラを向けてもじっとしているので、編集者の方がぜひクロちゃんに登場してほしいとリクエストがあった。

クロは2回の引っ越しにも付き合ってくれ、家族の誰よりも早く新しい家の一番気持ちのいい場所を見つけてくつろいでいた。海辺に引っ越してスローライフを満喫していたのはクロだったかな。

晩年はややボケていたのか、夜中や昼間に遠吠えのような激しい鳴き方をするようになる。どうしたのって声をかけてもひとしきり鳴かないと終わらない。そして鳴いて満足するとまた寝る寝る。飼った当初からよく寝ていたけれど、ますます起きている時間が短くなっていった。

娘がハイハイしたり、よちよち歩くようになると逃げ回っていた。力まかせに抱いたり、引っぱったりするものだからいやがったけれど、決して爪を立てたりせず、じっと我慢をしてくれたことも。そのおかげで娘が大きくなって、力加減がわかるようになると、一緒に寝たり、座っているとひざの上に乗ったりして寝ていた。それもあって娘がクロの最後の面倒を見てくれた。

クロは男の人が好き。好みがあるらしく、あるときはベランダの工事に来ていた大工のお兄さんが好きだった。ずっと窓から外の作業を眺め、終わるとすっ飛んでいって、なでてなでてと背中を押しつけていた。わたしの弟のことも大好きで、実家に一緒に帰ったときや、弟がうちに泊まりにきたときには弟が帰ってくる気配を察して玄関で待っていた。夫がうらやましがるほど甘えていたのが、おかしくて仕方がなかったな。なにかクロの好きな匂いを発しているのではと、みなで大笑いしたのを思い出す。

04

海が見えるところに住む覚悟

大嵐が過ぎた翌朝、玄関先には落ち葉が山盛りとなり、窓という窓は潮風で真っ白に曇り、ベランダや外階段はうっすら青いこけが生えてぬるりとしている。娘を送り出したら一気に外の掃除、庭の草むしりをした。実家の母の教え「雨降りのあとは草が抜きやすいから湿っているうちにやるのよ」と。気がついたらお昼過ぎで、慌ててうちの中の掃除にとりかかる。

お天気に関係なく、仕事のない日はほぼこんな一日を過ごしている。

海の見えるところに住んで、よく言われる「優雅な暮らしでうらやましい」とか「スローライフを満喫していますか」という言葉。かくいうわたしもそんな言葉にどこか憧れを抱いて海辺の家にやってきた。でも、実際に住んでみるとまぁとんでもない。自然との闘いの日々なのだ。最初に悲鳴を上げたのは虫。都会ではお目にかかったことがないゲジゲジやムカデがぞろぞろ。みなさんご存じだろうか。ゲジゲジって。わたしも初めて見たときには腰が抜けそうになった。白い壁に張りついていたので、それなりに美しくおもちゃのようなリアルな感じ。海だけでなく山もあるので、とにかく見たこともない虫がたくさん。そしてビッグサイズ。見慣れていたカマキリやかたつむりでさえ、あまりの大きさに判別がつかなかったくらいだ。羽ありがいっせいにふ化する日、蝉やかえるが鳴きだすとき……次第にそんな虫暦ができた。

マンション暮らしが長く、家の外を意識することがなかった。家を守り、生活するというのは本来こういうことの積み重ねなのだろうな。当たり前のことと思うようになった。

加えて、家には小さな芝生の庭がある。ベランダの鉢植えでさえ世話しきれなかった経験から、海辺の家でも土なしの家を希望していたくらい。だが、今の家には緑があふれている。

せっかく整っている芝をなんとか保ちたい気持ちもあって、毎日草むしり1時間。最初はいやいやながらも、やりだすと止まらず、家事も原稿書きも放り出して、一日中芝に張りついていたことも。これを続けているとキリがないこともわかり、時間割をつくることにした。

そんなわけで優雅に海を眺めながらお茶をいただくことも、日光浴をすることもなかなかできないが、朝一番に海が目に入ってきたり、満月の光が海に映って一筋の光の川となっているのを見ることができたり。特別ではない、自然が満ちた時間は海辺の家ならでは。ゆっくりと流れる時間はまだまだ先にあるようだ。

05

わが家の音楽

1日音に包まれる。走る、歩くもリズムよく足を運ばないとうまくできないのと同じように、料理もリズムよく進められたら無駄な動きなしにスムーズに台所を立ち回れる気がする。体の中に流れる音を大事にしたい。

朝はクラシックのラジオ番組を聴きながら支度をする。仕事のときは煮ている鍋音や包丁で切る音に耳を傾け、家事時間はCDをかけながら掃除や洗濯を進める。

娘が音楽好きになってからは一緒に聴くようになり、最近流行りの国内外の曲を耳にする時間も多くなってきた。

アイドルはBTS（注：韓国の男性7人組ヒップホップグループ）。新型コロナの自粛中わたしまでハマってしまう。かっこいい、かわいい、ダンスがすごいと何度見せられても顔の判別がつかず、うんうんとただうなずいていただけだったのが、じっくり見る時間ができると、メンバーの名前と顔が一致し、声もわかるようになり……そうなるともうハマっている証拠だと娘に言われてはっとする。とにかくかわいい。息子ほどの年頃の男の子たちを見てニヤつくおばさんに夫は冷ややか。ミーハー気質は子どもの頃から変わらないから、しょうがない。久しぶりのアイドル登場で、毎日が晴れやかになった気がする。新型コロナで少なからず心に隙間ができていたのかな。そこにすとんと入ってきたのが彼らだったのかもと言い訳のような自己分析をしている。

車の運転中はほぼラジオ。音楽の合間に天気予報やニュースを聴きながら、移動している。音楽は詳しくはないから、CDを買うときにはジャズやボサノバのジャンルからジャケットで選ぶ。もちろん今はBTSもね。

わが家にはピアノがある。娘がレッスンに通うようになり、ピアノ教師をしている義姉が猫脚で赤茶色のアップライトを選んでくれた。最初は続かないのではとおもちゃのピアノでごまかしていたが、3曲目が仕上がったくらいで、義姉に相談して決めた。

わたしはひとつも楽器ができないので、ピアノは小さな頃からの憧れのひとつ。せっかくわが家にあるのだから、独学でもいいから弾いてみようと何度も鍵盤をたたいてみるが、指はそう簡単に動かない……。『ねこふんじゃった』が精いっぱい。

夫はベートーベンの『月光』を少しだけ弾く。義姉の大学受験の課題曲だったらしく、1年ほど毎日何時間もその曲が家で流れていて、ミスタッチをしようものなら、体がむずむずして鳥肌が立つほどだったと聞いた。それほど体にしみついた曲だから、いつの間にかさわりくらいは弾けるようになっていたという。そんな壮絶な話を聞いていながら、まったく娘とは関係ないことと、のんきに娘がショパンの『子犬のワルツ』を弾ける日を楽しみにしていたが、ピアノは一回一回お稽古場で完結するのではなく、自分で練習に練習を重ねていかないといけないのだと知る。

練習をまったくしない娘はいっこうに進まず、あるときは先生から苦情（？）の電話がかかってきたほど。これは真剣に向き合い、弾くことが大好きでないと続かないなと悟った。今日こそやめると決意して出かけては、はかったようにタイミングよく「今度、舞台で演奏してみない？」と発表会のお誘いを受け、舞台に出るのがなにより好きな娘は「はい、やります」と返事をするというのを何年も繰り返していたが、高校生になるときにお稽古をやめた。今は練習の呪縛から解き放たれて、時間があると大好きなキャサリン・ロリンの曲を弾いてくれる。生演奏はやっぱりいいね。すうっと心に響いてくる。

ZEN-ON'S PIAN
MOON LIGHT
月光の
L. v. Beetho
信州・りんご農家の知恵と工夫
せっちゃんの保存食

06

茶道と左利き

茶道のお稽古を始めた。

まだ10代の頃に友人のお茶会に誘われて勇んで出かけたが、そこで大失態。足がしびれてお茶室の壁に手をつきそうになり、怒られた思い出がある。せっかくのお茶会はひどく静まりかえった茶室の印象しか残っていない。あのときのしびれの感覚はまだしっかりと体が覚えている。トウシューズも履いていないのに、つま先立ちしていたのだから、自分でも驚いたものだ。

それ以来、正座が苦手。作法が厳しいものと敬遠してきた。

ところが40歳を過ぎてから、むくむくと茶道への憧れが募ってきた。着物を着たいとか、優雅な所作を身につけたいというのもあるが、茶道の人をもてなす心を学びたいと思った。

最初はお茶の味もわからないくらいに正座がきつく、所作を覚えるのがたいへんだったが、何度かするうちに、その所作にはひとつひとつ意味があり、難しいことでもないことがわかってきた。確かに正座から立ったり、座ったりすることは体に無理がなく、シンプルで美しい動きだとつくづく思う。着物姿だとそれはてきめんで、裾をさばく音までも心地よい。

お点前《てまえ》をする。お茶菓子をいただくとき、困ったことが起こった。それはわたしが左利きであること。お茶の作法は茶筅《ちゃせん》も茶さじも道具は右手。左の作法はないという。小さい頃から何度も乗り越えてきた右へならえの試練がおとなになっても続くとは思ってもみなかった。

左利きでも鉛筆の持ち方、箸の使い方は、なんとか不便なく右利きと同じようにしてきた。最近は道具も豊富になり、生活の中で困ることはない。字を書き始めた頃にお習字を習ったが頑固な性格もあり、右利きに直すことはできなかった。ことに祖母は右利きにこだわっていた。そういう時代だったのだろう。強いていうなら、いつまでたっても、左に飯碗と右におみそ汁の配膳位置になじめないくらい。

以前、ある広告の仕事で「創業以来、左利きの人が広告写真に出たことがなかった。どうして右利きに直さなかったのか」など、左利きに少々批判的な意見を言われたことがある。そのときは、この時代にまだ左利きは認めてもらえないのかとがっかりしたもの。

それがここにきてお茶のお稽古で左利きでつまずく。

07

小さな旅と大きな旅

旅に出るときは、たいてい機内持ち込みができるサイズのスーツケースとリュック。旅の日数により、スーツケースだけ、リュックだけ、両方とも、となる。

台湾など現地のおいしいものを持ち帰るような旅のときには、ほぼ空の大きなスーツケースで行くこともある。服はシワにならない素材のものを選び、組み合わせを決めて余計なものは持たないように。必ず持っていくのは2枚ほどの大判ショール。服や下着をこのショールで包んで荷づくりする。旅先が常夏でもホテルやレストラン、乗り物はエアコンのきついことが多いので、出かけるときには必ずショールを持参。寒い場所なら腰に巻き、首に巻いてコートを羽織れば、格段に暖かくなる。

コンパクトなナイフも必須アイテム。市場やスーパーで買った果物やチーズを食べるときに便利で役に立つ。飛行機の場合は、機内持ち込みにせず、荷物を預けてしまえばナイフもOK。これまで旅した先で日本のナイフとラップに代わるものがなかったことから、長期滞在の現地で自炊の場合は包丁とラップを持参する。

毎年、楽しみにしている旅は長野巡り。わたしが高校3年間を過ごした土地であり、今も両親は長野在住であることもあって、友人を訪ねたり、移住した知人に会いに行ったり、保存食を習いに行ったり、そしてなによりおいしい宿がある。いい温泉があると聞くと飛んで行く。長野県は南北にとても長く広い。北と南では方言も食べるものも異なり、季節によってもまったく違う表情があるから、何度行ってもまた行きたいと思わせてくれる場所なのだ。最近、気に入って通っているのが南信州、伊那郡の中川村。電車やバスを乗り継いで行ったり、途中でレンタカーを借りたりして、中川村を中心に、その周りをぐるぐると巡っている。塩が採れるという温泉へ行ったり、松茸づくしの料理宿に泊まったり、駒ケ岳のロープウェイに乗って山頂近くのヒュッテでしばらく山を眺めたり。おおまかな計画は立てておくけれど、その場その場でスケジュールを変更していく。時間切れのときには、また来年となる。

家族旅行は、夫とわたしのスケジュールが合うのが年末年始しかなく、20年近くハワイに2、

3週間滞在する旅を続けてきた。なんにもしない旅。観光はほとんどなし。行き始めた頃はドライブがてら名所を巡ったり、マリンスポーツやゴルフもしたりしたが、そのうちにそれも飽きてくる。スーパーに行って食材を買い込み、ずっとホテルやコンドミニアムのプールサイドや部屋で飲んだり、食べたりして、本を読み始めては寝るという、ハワイじゃなくてもいいじゃん、っていう旅。でもこれをできるのがハワイ。気持ちのよい風と晴れ晴れとした澄んだ空のおかげで、リフレッシュできる。

旅先でも料理するの？　ってよく聞かれたが、キッチンが変わってもまったく苦ではない。旅先では時間に追われることがないので、食べたいときに食べたいものをつくるからできるのかもしれない。外食もしたいけれど、年末年始のハワイの人気の店は前々から予約をしておかないといけないこともあって、無計画な夫婦にはまったく合わないのである。

最近は娘の学校の休みに合わせた滞在となり、そのうちに両親が高齢になったことや、飼い猫の具合が悪いことなどの理由で、年末年始は実家に帰ったり、実家から足を延ばして北陸へ旅をしたりするようになった。またハワイへ行きたいなと思いつつ、先のお楽しみとしている。

娘の中学入学を機に旅取材や長野巡り、一人旅もできるようになった。といってもその旅の前後はかなりハード。ごはんやおかずを仕込んで、簡単にレンジや鍋で温め直すだけで食べられるものを準備し、ゴミ出しなど日々やることをこと細かにメモしたり、小ざっぱりと部屋を片付けて出かける。帰ってくれば洗濯の山、部屋にはいろいろなものが散らばり、ほこりだらけとなっているから覚悟して玄関を開ける。それでも気持ちよく送り出してくれるだけありがたい。

一人旅はヨーロッパへ。クラシックバレエを観に行く。最初は久しぶりなので、朝からうろうろと歩き回ったり、買い物をしたりしたが、これが裏目に。肝心の舞台のときに時差もあってこっくりこっくり眠くなる。当日券で入ったミュージカルはほぼ寝てしまった。それからはなにもせずにじっとしていようと決める。旅の目的は舞台。欲張らず朝ごはんを食べたら、散歩をする程度で、時差調整。本を読むなどしてホテルで過ごし、時間になったらおしゃれをして劇場へ出かけるように。

舞台を堪能したあとは、帰り道にワインを買って部屋で一人飲みを楽しむ。

08

旅の醍醐味

旅の計画を立てるとき、まずはおいしいもの探しから始める。今はパソコンや本などでいくらでも調べられるから、前もって情報は頭に入れておきたいし、絶対に食べたいと思うものは予約をしておく。情報があふれている分、昔に比べてふらりと立ち寄ることが難しい。食いっぱぐれは避けたいけれど、あまり時間に追われるような計画は避けたいところ。

自分の足で歩いて探すのもまた楽しいし、その道すがら出合うものもあるから、アテもなくうろうろし、現地のスーパーを巡る。道の駅のような、その地域の食材や名産品があるところは要チェック。あとは現地の方にうかがうのも手。宿の方のおすすめの散歩コースやお土産でよかったものも多々ある。

20年前くらいに女8人で佐賀の唐津《からつ》へ旅したことがあった。仕事仲間のグループだったが、なぜか看護師グループと間違われ、旅のリーダーはその日から婦長とあだ名がついた。

その旅で忘れられないことがある。近くの呼子《よぶこ》へ行きたいと宿のご主人に大人数で乗れる車の手配を頼んだところ、呼子はおすすめできないから、お城や城下町の散策へぜひ行ってと、強くすすめられて、車を手配してもらえなかった。呼子になにか恨みでもあるのかと思うほど、断固として車を呼んでくれなかったのである。われわれは文句を言う気にはならず、というのも宿がとても居心地のいい素晴らしいところだったから素直に従った。おかげで街並みを堪能し、商店街ではおいしいカステラ屋さんとお豆腐屋さんに出合うことができた。

風変わりな宿のご主人とのエピソードもよい旅の思い出。

海外旅行では3回ほど、泥棒に遭う。

1回目はフランスのニースにて。海岸で優雅に過ごしていたら、まんまとやられた。しょうがないね、はい盗んでいいよってな感じだったと思う。財布とパスポート、帰りのチケットが入ったバッグを盗まれ、それからは旅の予定を大幅に変更し、警察へ行ったり、カード会社に連絡したり、パスポートの手配をしたりとドタバタだったけれど、なんだかそんな旅も楽しめた。一緒に旅をしている仲間がいたのも心強い。少しだけお金を借りて、スカーフに包んで首に巻いて過ごした。車を借りてニースからマルセイユの日本領事館まで行き、パスポートの再発行をする。しばらく帰れないのではないかと気をもんだが、一度だけ使える帰りのみのパスポートが発行できると聞いてほっとする。領事館から写真はここで撮ってくるように、飛行機のチケットはここに相談するとよいなど、いろいろ親切にしてもらい、なんとか帰国ができそうだと、マルセイユで祝杯をあげた。どこまでものんきだった。

パリで預けていたトランクの鍵も盗まれていたので、鍵を誰かに壊してもらってトランクを開け、帰りはテープでぐるぐる巻きにして帰ったような記憶がもうあいまいになるほど楽しかったことしか覚えていない。後日、外務省から連絡があり、盗まれたバッグと、その中に入っていた帽子のコサージュが見つかったので、どうしますかという内容だった。コサージュはお金では解決できない大事なものだったので、連絡がきたときのことを思い出すだけでも泣けてくる。オチとしてはその荷物の日本への送料を現地に送金したのだが、その金額よりも手数料が何倍もかかって、銀行の窓口の方に何度も確認されたのがおかしかった。泥棒に遭ってなおもお金がかかるのである。

そして2回目はドイツの空港で、預けた荷物を受け取ったら、ファスナー全開……。空港でその対応をしてもらうのはかなり事務的で、時間がものすごくかかった。旅の予定が大幅に狂って、その日は宿にたどり着くのが精いっぱいだった。

3回目はハワイで借りていた一軒家で。帰宅したときに泥棒がクローゼットに隠れていたようで、夫が脱ぎ捨てたショートパンツに入っていたカードまで盗まれた。ずっとわたしたちの行動を見ていたのではと推測する。バタンとドアが閉まる音がして部屋に行くと、ドアが全開。それでも「あら、閉め忘れてるわ」と気がつかず、そのまま過ごしていたのだからあきれる。

家族3人分のパスポート、チケット、お金、アクセサリー、カメラ、根こそぎ取られた。わたしは慣れていたから、さくさくと事務的に電話をかけまくった。夫は警察官が指紋などを調べているのに付き合っていたけれど、ブツブツと「こんなんで犯人が捕まるのか」と文句を言っていたが、「捕まえる気なんてないでしょ、無防備なわたしたちが悪いんだから」となだめた。経験はものをいうね。ものだけですんでよかったのである。赤ちゃんだった娘が無事だったのだからそれでよしと、そのあとも日本からホテルを手配してもらい、予定通りの日程をハワイで過ごし、帰国した。おバカさんな話にお付き合いいただき、誠に申し訳ない。

ハワイの泥棒のかわいいところは、盗んだカードで給油を一度だけ、しかも日本円で千円ほど使っただけだったところ。夜中であったこととと、すぐにカードが使えなくなったからだとも思うが、その使い方を聞いて、あきらめがついた。

09

大事な人との別れ

ここ3年のあいだに大好きな先輩がふたり亡くなった。

ひとりは病気がわかってから手術をし、一度は仕事にも復帰されたが、再発して1年ほどでお別れをすることに。その1年は彼女にとってとても濃厚な日々で、大きな仕事をやりとげ、家族と過ごし、人生の始末を自身ですべてされて亡くなった。

わたしとは最後、手を振って別れた。潔い最後だった。

もうひとりは前日まで笑って話していたのに、突然倒れてそのまま亡くなってしまった。あまりに急で、言葉もなく、しばらく体に力が入らなかった。でも今になってみると、そのお別れは彼女らしいとさえ思えてくる。

ふたりのことがあってからわたしの最後はどうだろうかと考えるようになった。「今日を生きる」が現実になってきた。

娘も高校生になり、わたしの大事な人が亡くなったこともよく理解できる年になったので、思いつくことをその都度、話をしておくようになった。

「あとで」はなし。いつなんどき、どうなるかわからないから、そうなったときに困らないようにと、お金のこと、家のこと、お葬式のこと、お墓のこと、大切にしている身につけるものなど、とにかく話しておこうと思っている。話しきれないことはノートに書きためていることも伝えている。

10

先輩から教えてもらったこと

わたしの母がよく言うのは「あなたが高校を卒業したら、東京へ戻るというのはわかっていたことだったけれど、まさか卒業式が終わったらそのまま電車に乗っていってしまうとは思ってなかった。あのときは本当に寂しかった」と。

わたしはまったく覚えてないのだが、きっと東京での一人暮らしに夢膨らませて、いてもたってもいられなかったのだと想像する。

「家族で暮らしていた頃は料理の手伝いもしていたよね」とわたしが言うと、母は「あなたはお稽古ごとに忙しくてうちにいなかったから、手伝ってもらった記憶がない」と言う。

ふたりの記憶や思い出がまったくかみ合わないのだけれど、母の味はしっかりと舌が覚えている。手取り足取り教わらなくても舌が鍛えられたことで、一人暮らしの台所で困ったことはなかった。

食べることが好きになったのは祖母の影響が大きい。祖母は小唄の先生をしており、『お師匠さん』と呼ばれて、家には毎日お弟子さんたちが出入りしていた。

明治生まれの江戸っ子。一日中着物で過ごし、真夏の2、3日だけムームーみたいなものを着ている日があったことを思い出す。

お行儀にうるさく、しょっちゅう怒られていた。わたしが短大へ通っているときが一番厳しくて、ノースリーブやミニスカートで出かけようものなら、「そんな裸で出かけるもんじゃない」と着替えさせられたこともある。

今はそんな気持ちもわからなくもないが、当時は反抗しまくっていた。

そんな祖母ではあったが、食べることに関してはわたしとたいへん気が合った。外食のお供は小さい頃からわたしだけ。きっと好き嫌いがなくて、どこへ連れていっても一緒に食べられたからだと思う。

かばん持ちをし、祖母とよく出かけた。銀座でステーキを、下町でどじょうを食べた。生意気にも寿司屋のカウンターでにぎりを頬張った。うなぎはここ、洋食はここと、祖母が好きなお店は決まっていて、そこを順繰りに食べ歩いた。

そのときにおとなのマナーを学んだような気がする。実践できたか、身についていたかどうかはあやしいが、食いしんぼを引き継いだことは間違いない。亡くなる直前まで現役を貫いた祖母。力強く軽やかな人生を尊敬している。

祖母のほかにもうひとりわたしをおとなのテーブルに誘ってくれたのが、幼稚園の担任だった若松先生。卒園してからも、先生と母が同年代ということもあって、家族ぐるみでお付き合いをしていた。

中学生になった頃に、合格のお祝いにと銀座のフランス料理店に初めて連れていってもらった。そこで食べたのがエスカルゴ。見たことも聞いたこともないひと皿ではあったけれど、にんにくが効いていて、フランスパン（当時はバゲットなどとは言ってなかった）に、にんにくオイルをしみ込ませて食べると、おいしすぎて止まらなかった。これをもっとたっぷりと食べたい、うちでもやってみようと思ったのが料理への意欲がわいた目覚めの一歩。ほかになにを食べたかはまったく覚えていない。エスカルゴはそれほど衝撃的だった。

先生はほかに紅茶のおいしいいれ方や、茶葉のいろいろを教えてくれたけれど、そこはあまり興味がわかずじまい。

先生とは今もお付き合いが続いている。

11

娘の成長

高校生になったとたん、わたしに対してとても優しくなった娘。

それまではわたしも口うるさくいろいろ言うことも多かったし、いろいろな面でわたしのほうが上手《うわて》であった。

赤ちゃんのときにはまったく手がかからず、世話焼きのわたしはちょっと物足りなかったくらい。いやもちろん当時は必死だったけれど、周りから聞いていたような何時間かおきに起きて授乳や、泣きやまずに困ったなどがなかったので、高齢で産むと子どもが遠慮するのかしらと思っていたくらい。

幼い頃はきっとわが子はこういう子なのでは、と決めつけていたところがあったように思う。それがことごとくそれに収まることなく、大きくなっていった。想像もしないところへどんどんと勢いよく体も心も大きくなっている娘に、今はわたしのほうがしがみついている感じもしている。

体が大きくなって、わたしをゆうに超え、力も強くなると、気持ちの変化があったのか、小さなわたしをかばってくれるようになった。それはコロナ禍での自粛生活で、ずっと一緒に過ごしていたことも大きい。夫は個人事務所なので普段と変わらず仕事に出かけたから、ふたりだけの時間が長かったけれど、ぶつかることもなく、おだやかな時間を過ごした。いつもは学校やお稽古ごとで忙しくて、家のことなどまったく手伝おうともしなかったが、自粛期間中は家事をすすんでやってくれた。「あー、やりたくなかったわけではなく、やる余裕がなかったのね」と納得。

先日は勤労感謝の日に、「いつもありがとう」と小さな花束とケーキを買ってきてくれた。お誕生日や母の日に贈ってくれたこともあったけれど、夫が準備したものを渡してくれるくらいだったので、初めてのことにわたしが戸惑ってしまった。うれしい気持ちをストレートに伝えられなくて、ごめん。

なにごともスローテンポな娘だけれど、15歳になったら、急におとなの階段を上り始めたような気がしている。自分の娘であるけれど、いまだ発見の毎日。

12

今後の理想の暮らし

「この海が見える家にいつまで住んでいられるだろう」と考えることがある。

車の運転ができなくなったら難しいかなとか、娘が独立したら寂しくなって都会へ戻るかなとか、住む場所にはこだわらず、そのときどきに合った部屋に住めればいいと漠然と思っている。

ひとつかなうなら平屋に住んでみたい。リビングダイニングと、寝室だけ。それまでにはかなり生活の荷物をスリムにしておかないと現実的ではなさそうだ。

仕事はできればずっと続けたい。料理に限らず、なにかしら働くことができれば幸せと思う。

35歳までぬくぬくと家にこもっていたわたしに、「仕事を一緒にしましょうよ」と誘ってくれた先輩方のおかげで、世界が広がり、たくさんの出会いが仕事の原点になった。

先日、若いカメラマンの女性に仕事のモチベーションはどこにあるのか、どうして仕事が続けられるのかと聞かれた。それはスタッフのみんなの情熱だったり、熱意だったり。それがひしひしと伝わってくるから一緒に仕事をしたいと思う。きっと何度も何度も同じような味を食べているに違いない、ましてわたしの料理はごくごく普通の家庭料理だから、おなじみの味、とくに目新しくもないわけで。にもかかわらず撮影した料理を必ず試食し、毎回新鮮な感想をくれ、ときには助言もある。食べてくれる人の力に突き動かされてなのだと感じる。

ただ料理が好きなだけでは、家族へのごはんづくりも料理の仕事も続かなかった。周りの熱量にいつもいつも刺激を受け、やってみようと一歩が踏み出せたこと。そう、毎日一歩を踏み出すことがわたしにとっては大事だった。足踏みしていたら、きっと続かなかったと思う。失敗もいっぱいしたけれど、その都度助けてくれる人がいた。友人や家族の励ましも心強く、人に恵まれて続けてこられたのだと思っている。

ちょっと話がずれてしまったが、「今後の理想の暮らしをあれこれ考えるほどの余裕は正直まだないし、決めてしまいたくない」という気持ちのほうが強いのかもしれない。

むいてもむいても終わらないらっきょうの山を前に、ふと振り返った小さな想いが心にしみた一日があった。

若い頃はややとんがっていたのか、
「ありがとう」という言葉がすぐに出なくて、
心の中では思っているものの、なかなか
口に出せないことがとてもいやでした。
経験を積んで周りが見えてきたからか、
素直に言葉に出せるようになったとき、
〝おとな〟になったと
しみじみと思ったものです。
正直ちょっぴりあがいてはいるけれど、
年を重ねるのは楽しい。
最近、〝いいこと〟しか覚えていないのも、
われながらあっぱれと思っています。

飛田和緒（ひだかずを）

東京都生まれ。高校3年間を長野で過ごし、
山の幸や保存食のおいしさに開眼する。
現在は、神奈川県の海辺の町に
夫と高校生の娘と3人で暮らす。
近所の直売所の野菜や漁師の店の魚などで、
シンプルでおいしい食事をつくるのが日課。
気負わずつくれる、素材の旨味を生かしたレシピが
人気の料理家。
Instagram　@hida_kazuo

デザイン　天野美保子
撮影　邑口京一郎
校正　小出美由規
DTP制作　ビュロー平林
編集　小澤素子
撮影協力　紋四郎丸

おとなになってはみたけれど

発行日　2021年3月6日　初版第1刷発行

著　者　飛田和緒
発行者　久保田榮一
発　行　株式会社 扶桑社
〒105-8070
東京都港区芝浦1-1-1　浜松町ビルディング
TEL 03-6368-8870（編集）
TEL 03-6368-8891（郵便室）
www.fusosha.co.jp

印刷・製本　大日本印刷株式会社

ISBN978-4-594-08738-8

本書の一部は『ecomom』（日経BP）に掲載された内容を加筆修正して掲載しています。